CONVERSATIONS AVEC PAULO COELHO

Juan Arias, journaliste espagnol, a été correspondant de *Pueblo* et d'*El País*. Il a publié d'autres livres d'entretiens, notamment avec l'écrivain et prix Nobel José Saramago.

JUAN ARIAS

Conversations avec Paulo Coelho

TRADUIT DE L'ESPAGNOL
PAR FRANÇOISE MARCHAND-SAUVAGNARGUES

ÉDITIONS ANNE CARRIÈRE

Titre original :

PAULO COELHO : LAS CONFESIONES DEL PEREGRINO

«Nous sommes tous des pèlerins en quête de l'inconnu.»

La conversation à Copacabana

Ces conversations-confessions avec Paulo Coelho se sont déroulées chez lui à Rio de Janeiro, devant la splendide plage de Copacabana, au début de juillet 1998, en pleine fièvre de la Coupe du Monde en France. Aussi furent-elles interrompues parfois pour permettre à l'écrivain de ne pas manquer les rencontres qu'il devait commenter pour la presse française.

Au cours de ces longs entretiens, Coelho a ouvert son âme et dévoilé, pour la première fois, des moments douloureux de son passé : la traversée du désert des drogues, de la magie noire et des rites sataniques, l'asile d'aliénés, la prison et la torture. Au terme de cet échange, il a exprimé le désir de ne plus avoir à parler de sa vie durant les vingt prochaines années.

Ma compagne, l'écrivain et poète brésilienne Roseana Murray, était présente. Au début, nos rencontres se tenaient l'après-midi, après que Coelho eut fait sa promenade habituelle sur la plage, à peine levé. Comme l'écrivain travaille la nuit, il se couche à l'aube, dort le matin et consacre l'après-midi à rencontrer les gens et à revoir la masse de courrier, de fax, de messages électroniques et d'appels téléphoniques qui lui parviennent des quatre coins du monde.

Ainsi nos conversations – qui avaient lieu dans sa

chambre, située dans la partie de la maison qui donne sur la plage de Copacabana, et où il a installé son ordinateur – étaient-elles très souvent interrompues par les messages qu'il recevait continuellement et que nous entendions parfois amplifiés par un haut-parleur. Coelho tendait l'oreille et, selon le contenu du message, se levait ou non pour répondre. Une fois il nous a dit : « Je vous demande pardon, mais on m'annonce l'arrivée d'un fax de Boris Eltsine qui m'invite à me rendre à Moscou. »

Un après-midi, il a souhaité ouvrir devant nous l'abondant courrier qu'il reçoit quotidiennement pour nous le commenter. Ce sont en général des lettres d'inconnus, parfois de plusieurs feuillets, qui lui expriment ce qu'ils ressentent à la lecture de ses livres, qui lui posent les questions les plus bizarres et se confient à lui comme à un bon magicien. Ce jour-là, parmi des douzaines de lettres, il s'en trouvait une du ministre brésilien de l'Armée. Celui-ci lui écrivait qu'il avait lu son livre *Le Guerrier de la lumière*. « Ce n'est pas normal, a remarqué Coelho. Les gens importants ne prennent pas la peine d'écrire, même si lorsque nous nous rencontrons, ils me disent qu'ils lisent mes livres, comme l'a fait Shimon Pérès, pendant la conférence de Davos, en Suisse, où se réunissent les grands génies de l'économie mondiale, et où cette année on m'avait invité à prendre la parole. »

Commentant cette rencontre de Davos, à laquelle étaient conviés, pour la partie brésilienne, seuls Coelho et le président de la République, Fernando Henrique Cardoso, l'écrivain nous dira que « les vrais tours de magie », aujourd'hui ce sont les économistes et les financiers qui les réalisent, et non les pauvres magiciens de profession.

Cette vue sur la mer de Copacabana, qui revêtait tous les tons de bleu à mesure que la soirée avançait, a inspiré à Coelho un recours fréquent à l'image de la mer. Il s'est toujours exprimé en espagnol, une langue qu'il aime et qu'il maîtrise. L'auteur de *L'Alchimiste* n'est pas un homme de demi-mesures, mais bien plutôt un homme des extrêmes, passionné, habitué à ce qu'il appelle « le bon combat », qui n'a pas peur de polémiquer, bien qu'il se distingue toujours par une extrême simplicité, qui fait qu'il ne se sent sûr de rien et sait écouter et admettre qu'il a pu se tromper.

Un après-midi, nous avons dû nous interrompre pendant une heure parce qu'une représentante de sa maison d'édition brésilienne était arrivée avec un photographe professionnel, pour réaliser une série de clichés destinés au lancement de son dernier roman, *Veronika décide de mourir*. Il a souhaité que nous assistions à cette séance de photos, qui l'a immortalisé dans toutes les poses, y compris pieds nus, assis les jambes croisées devant son ordinateur. À observer la maestria du photographe, il était évident que ces photos seraient les meilleures qu'on ait faites de lui jusqu'à présent. Aussi l'éditrice lui a-t-elle demandé : « Et maintenant, que faisons-nous des photos précédentes ? » Coelho a répliqué : « Vous pouvez les envoyer aux journaux de province. » À ce moment, ma compagne Roseana l'a repris gentiment : « Paulo, tu fais ce que le monde occidental fait avec nous : il nous envoie ses ordures. » Paulo n'a pas hésité une seconde : « Tu as raison, Roseana », et il a demandé que l'on ne tienne plus compte des photos précédentes et que l'on envoie les nouvelles également aux journaux de province.

Quelques jours plus tard, je commentais cet épisode avec le théologien Leonardo Boff. Ce dernier a toujours défendu Coelho contre les critiques, car il considère que, dans ce monde insouciant et indifférent, ses livres réveillent l'amour du mystère et de l'esprit. Apprenant l'épisode des photos, Boff a déclaré : « J'ai toujours apprécié ceux qui n'ont pas peur de reconnaître leurs erreurs. Cela suppose, en définitive, une certaine grandeur d'âme. »

Au cours des derniers jours, nos entretiens ont eu lieu le soir. Habitué à travailler à l'heure où les gens vont se coucher, Coelho se sent alors frais comme une rose, plus communicatif même. S'il n'avait tenu qu'à lui, nous aurions continué toute la nuit. Le seul moment où l'écrivain faisait une pause, c'était à minuit. C'est pour lui une heure rituelle, de même que six heures du soir, celle du coucher du soleil. Il demande quelques secondes de silence pour un moment de prière.

À ces soirées plus intimes, plus propices aux confessions, participaient quelquefois d'autres personnes. Sa femme Cristina, délicate et discrète, demandait toujours si elle pouvait rester et écouter. À un certain moment, Coelho lui a dit : « Sois très attentive parce que tu vas entendre des choses que même toi tu n'as jamais entendues. J'ai décidé de tout raconter, de me mettre à nu, pour que tout le monde sache qui j'ai été et qui je suis, et qu'on ne m'attribue pas de faux personnages. »

La nuit, nos conversations se tenaient dans la salle à manger, dans la partie opposée de la maison. Sur la table il y avait toujours quelques plats de tapas à l'espagnole, à base de jambon et de fromage, servis avec un superbe vin italien. Tout invitait à la confidence. Et, surtout, aucun élément extérieur ne venait nous interrompre, parce qu'à cette heure les téléphones, les fax et les divers ordinateurs se taisaient. Dans la maison régnait le silence, troublé durant la journée par les assauts venant du monde entier, auxquels est soumis l'écrivain le plus à la mode actuellement.

Trois jeunes étudiantes espagnoles ont pris part à l'une de ces rencontres nocturnes : deux sœurs, Paula et Ana, et Maria, une de leurs amies. Leurs pères travaillent dans une multinationale à Rio de Janeiro, elles font leurs études à Madrid et rejoignent leurs parents pour les vacances. Je les ai connues dans l'avion, en venant de Madrid. Lorsque je leur ai annoncé que j'allais faire un livre avec l'écrivain Paulo Coelho, leurs yeux se sont mis à briller. Et chacune d'elles m'a montré un livre de l'écrivain qu'elle était en train de lire : *Brida*, *La Cinquième Montagne* et *Sur le bord de la rivière Piedra*. J'ai lu dans leur regard qu'elles rêvaient de le connaître.

Coelho, qui est très sensible à certains signes, a interprété ma rencontre avec ces trois étudiantes comme d'heureux auspices pour la tâche que nous entreprenions.

La rencontre de l'écrivain avec ces jeunes filles a été non seulement émouvante mais aussi vivante, directe et sincère. Nous comptions également parmi nous une présence d'exception : celle de Mauro Salles, publicitaire, intellectuel et poète, une personnalité très respectée au Brésil, que Coelho considère comme son père spirituel. Ils célèbrent ensemble, avec leurs femmes, la fin de l'année dans la solitude de la grotte de Lourdes. Salles a assisté à la rencontre de Coelho avec les jeunes filles, assis entre elles, notant leurs propos et intervenant à son tour.

L'écrivain et magicien Coelho est très fidèle à certains rituels et ne les cache pas. La nuit où il s'est décidé à aborder ses douloureuses expériences de magie noire et de rites sataniques, il a fait éteindre la lumière électrique et éclairé la salle à l'aide de bougies. « Ainsi je me sens plus à l'aise pour parler de ces choses », a-t-il déclaré. Et il a tout raconté, sans qu'il me fût nécessaire de lui poser beaucoup de questions, comme s'il se parlait à lui-même, se rappelant les vieilles blessures de son âme.

La tension et l'émotion furent à leur comble lorsque, relatant son expérience spirituelle dans le camp de Dachau, en Allemagne, expérience qui devait transformer radicalement sa vie, il s'est mis à pleurer. Après quelques instants de silence, pour minimiser l'importance de l'événement, il a déclaré : « J'ai peut-être trop bu. »

Il a souhaité que nous terminions cette longue interview là où nous avions commencé, dans sa chambre, devant la plage de Copacabana illuminée par le soleil du doux hiver de Rio. Je lui ai demandé s'il se considérait comme un écrivain et également comme un magicien, et il a répondu : « Oui, je suis aussi un magicien, mais comme le sont tous ceux qui savent lire le langage secret des choses dans la quête de leur destin personnel. »

J'ai voulu conserver le caractère informel de conversations amicales avec l'écrivain. Elles ont eu parfois le ton de la polémique et d'autres fois celui de la confession grâce au climat d'intimité qui s'était instauré. Dans un geste de confiance, Coelho n'a pas souhaité revoir le texte, m'en laissant toute la responsabilité. Ainsi, les erreurs qu'il pourrait contenir seraient uniquement de mon fait.

Je remercie de tout cœur Mauro Salles, la personne qui connaît le mieux Paulo Coelho, du soutien moral et des renseignements qu'il m'a très généreusement offerts pour me permettre de mieux approfondir la personnalité riche et complexe de l'écrivain brésilien.

Quant aux lecteurs anciens et nouveaux de Coelho, je tiens à leur affirmer qu'ils ont été, à chaque instant, l'objet d'attention de l'écrivain. J'ai pensé à eux chaque fois qu'il émettait un jugement ou révélait une facette inconnue de son existence fertile et mouvementée. Ce sont eux, en effet, les authentiques protagonistes et destinataires de ce livre.

Qui est Paulo Coelho ?

Paulo Coelho est né à Rio de Janeiro dans le quartier de Botafogo, le 24 août 1947. Des années plus tard mais le même jour et sous le même signe – la Vierge – que son idole en littérature, Jorge Luis Borges. Le génial Argentin est sans doute pour beaucoup dans le désir d'être écrivain de Paulo Coelho qui, d'ailleurs, ne nie pas l'influence de son maître, notamment dans *L'Alchimiste*, le livre qui l'a rendu célèbre dans le monde entier.

Né dans une famille de la classe moyenne supérieure, d'un père ingénieur et d'une mère profondément croyante, Paulo a très tôt manifesté davantage de goût pour Borges, Henry Miller et le théâtre que pour les études. Ses parents l'ont alors inscrit au collège de jésuites de Sao Ignacio, réputé pour sa sévérité. Paulo Coelho y apprit la discipline et la rigueur mais y perdit la foi religieuse. Cédant à son père qui rêvait de le voir devenir avocat, il s'inscrivit à la faculté de droit qu'il abandonna bien vite. Son goût prononcé pour les arts, incompris par ses parents, valut à Paulo d'être interné à leur demande et par trois fois dans un asile psychiatrique d'où il s'enfuira.

En 1968, à la naissance des mouvements de guérilleros et des mouvements hippies, Paulo, anticonformiste toujours à l'affût des nouveautés, s'est passionné pour Marx, Engels et Che Guevara. Participant activement à des réunions et des manifestations de rue, il s'est introduit dans les mouvements progressistes et a fait partie de la génération *Love and Peace.*

Traversant à cette époque une crise spirituelle qui remettait en cause son athéisme, Paulo Coelho se mit en quête de nouvelles expériences spirituelles ; il eut recours aux drogues et aux hallucinogènes, aux sectes et aux magies, et il parcourut toute l'Amérique latine sur les traces de Carlos Castaneda.

Tout cela ne suffit pourtant pas à le détourner de l'écriture, sa passion, et il fit ses premières armes dans le journalisme et fonda une revue alternative, baptisée *2001*. C'est grâce à l'un des articles qu'il y publia que Paulo Coelho entra en contact avec le producteur de musique Raúl Seixas, pour lequel il écrira finalement des centaines de textes de chansons. Ce fut son premier grand moment de gloire. Parallèlement, il collaborait au quotidien de Rio *O Globo* et, en 1974, parut son premier livre sur le théâtre dans l'éducation.

C'est dans ces années-là que Paulo Coelho fit la terrible expérience de la magie noire, qui le mena au bord de l'abîme. À peine sorti de cette épreuve, il fut torturé et séquestré par un groupe paramilitaire sous la dictature brésilienne.

Rescapé de cet enfer presque par miracle, il décida de mettre un point final à toutes ses expériences extrêmes et de mener une vie normale en travaillant pour plusieurs maisons de disques.

En 1976, il partit en Angleterre où il fut correspondant de différents journaux brésiliens. C'est là qu'il s'attela à la rédaction du récit de sa vie, qui l'occupa plus d'un an. Jusqu'au jour où il oublia le manuscrit dans un pub de Londres... Voilà pourquoi sa biographie reste encore à écrire.

Après trois mariages malheureux, Paulo Coelho a épousé en 1981 celle qui est toujours sa compagne aujourd'hui, Cristina Oiticica, une artiste peintre avec qui, depuis 18 ans, il partage tous les grands succès et bonheurs de sa vie. C'est avec Cristina qu'il effectua un voyage de six mois à travers le monde, voyage qui devait le mener en Allemagne et surtout au camp de concentration de Dachau, dont la visite allait marquer un tournant décisif dans sa vie. À 34 ans, il retrouva la foi catholique perdue des années auparavant et entreprit par la suite les 700 kilomètres du chemin de Saint-Jacques-de-Compostelle, sur les pas des pèlerins du Moyen Âge.

De ce parcours presque initiatique est né son premier texte littéraire : *Le Pèlerin de Compostelle*. *L'Alchimiste* viendra plus tard, suivi d'autres livres encore qui font de Paulo Coelho l'un des dix auteurs les plus vendus dans le monde. L'un des plus appréciés et, sans aucun doute, l'un des plus critiqués.

Paulo Coelho dit souvent en plaisantant qu'il a désormais assez d'argent pour trois réincarnations ! Il préfère consacrer chaque année quatre cent mille dollars de ses droits d'auteur à une fondation qui porte son nom et dont s'occupe sa femme, Cristina. Ses buts sont divers : aide aux plus défavorisés d'une part et défense et promotion de la culture brésilienne d'autre part.

Il vit toujours au Brésil, ce pays qu'il aime parce qu'il n'y existe pas de différence entre le profane et le sacré et que personne n'y a honte de croire en l'esprit.

[illegible] dans un [illegible] des [illegible]. [illegible] [illegible] [illegible] s'écrire [illegible].

[illegible] trois quarts de [illegible] Paulo Coelho a [illegible] en 1991 celle qui est toujours sa [illegible] [illegible] Christina Oiticica, une artiste peintre [illegible] avec [illegible] 18 ans. Il partage [illegible] les [illegible] [illegible] [illegible]. C'est avec Christina qu'il [illegible] voyage [illegible] [illegible] [illegible] [illegible] [illegible] Allemagne [illegible] [illegible] [illegible] Pauline [illegible] [illegible] un [illegible] [illegible] sa vie. A [illegible] ans, il [illegible] la [illegible] catholique [illegible] [illegible] [illegible] pas la suite. Les 700 kilomètres du chemin de Saint-Jacques-de-Compostelle, sur les pas des pèlerins du Moyen Âge.

De ce parcours [illegible] [illegible] [illegible] *Le Pèlerin de Compostelle* [illegible] [illegible] plus tard [illegible] d'autres livres encore [illegible] de Paulo Coelho [illegible] les plus vendus du [illegible] monde. [illegible] [illegible] [illegible] sont [illegible] [illegible] critique.

Paulo Coelho fut souvent [illegible] qu'il a [illegible] [illegible] [illegible] [illegible] [illegible] [illegible] cent mille dollars [illegible] [illegible] une fondation qui porte son nom [illegible] [illegible] [illegible] [illegible] [illegible] [illegible] [illegible] [illegible] [illegible] [illegible] [illegible] [illegible] d'[illegible] [illegible].

[illegible] [illegible] [illegible] [illegible] [illegible] [illegible] [illegible] [illegible] [illegible] [illegible] [illegible] [illegible] [illegible] [illegible] [illegible] [illegible] l'esprit.

1

Les signes

« Le signe est un alphabet que tu développes pour parler avec l'âme du monde. »

Paulo Coelho est plus qu'un écrivain, ce que beaucoup de critiques littéraires n'ont pas compris. C'est un personnage éclectique et emblématique de cette fin de siècle. Ses livres sont plus que de la pure fiction, c'est pourquoi ils déchaînent des passions violentes et des adhésions inébranlables. C'est aussi pour cette raison que ses relations avec les lecteurs ne sont pas celles d'un auteur quelconque. J'ai pu le constater à Rio de Janeiro, au Centre culturel Banco do Brasil. Dans le programme qui s'appelle Cercle de lecture, *Coelho est venu lire quelques pages de son livre* La Cinquième Montagne *et le public – un millier de personnes – lui a posé des questions. La rencontre s'est transformée, malgré lui, en une séance de psychothérapie collective. Alors que les questions auraient dû être posées par écrit, les gens se levaient pour lui parler directement, confessant en public comment l'un de ses ouvrages avait transformé leur vie. Ils voulaient tout savoir de lui. Ils le serraient dans leurs bras en pleurant lors de la séance de dédicaces qui a duré plusieurs heures et entraîné une série d'aventures provoquées par sa seule présence.*

Pour Coelho, le métier d'écrivain est aujourd'hui au centre de son existence. Il a lutté pour cela toute sa vie, et il a réussi au-delà de ses espérances. Mais c'est un auteur qui aime se plonger dans la vie, la scruter, déchiffrer l'alphabet secret de l'univers, les signes que nous envoient, comme des messages chiffrés, les choses qui nous entourent.

C'est justement par l'un de ces signes qu'a commencé notre rencontre à Rio de Janeiro. Le premier rendez-vous, programmé depuis six mois, était fixé à deux heures de l'après-midi. Lorsque je suis arrivé chez lui, il n'était pas encore revenu de sa promenade matinale, qu'il met à profit pour savourer l'eau d'une noix de coco et saluer les gens qui, lorsqu'ils le reconnaissent, s'approchent pour lui parler. Je me suis donc assis dans un bar pour l'attendre. Il est arrivé avec une demi-heure de retard, souriant mais préoccupé. Avant même de mettre en route le magnétophone qui devait recueillir nos conversations, il s'est empressé de me raconter ce qui lui était arrivé, et qu'il considérait comme l'un de ces « signes » qui vous obligent à réfléchir dans la vie. L'affaire l'avait si violemment impressionné qu'il en a fait le thème de l'un de ses articles dominicaux du journal O Globo *de Rio de Janeiro, intitulé : « Un homme allongé sur le sol ». Nous transcrivons ci-après :*

> « Le 1er juillet, à trois heures et cinq minutes, un homme d'une cinquantaine d'années était allongé sur le trottoir de la plage de Copacabana. Je passais par là, j'ai jeté vers lui un coup d'œil rapide et j'ai poursuivi mon chemin en direction d'une buvette où chaque jour j'ai l'habitude de boire une eau de coco. Comme tous les Cariocas, j'ai déjà croisé des centaines (des milliers ?) de fois des hommes, des femmes et des enfants allongés sur le sol. Habitué aux voyages, j'ai vu cette même scène dans tous les pays que j'ai visités – de la riche Suisse à la misérable Roumanie –, et à toutes les saisons : dans l'hiver glacé de Madrid, New York ou Paris, où ils vivent près de l'air chaud qui sort des bouches du métro ; sur le sol brûlant du Liban et entre les édifices détruits par la guerre. Ce genre de personnes cou-

chées sur le sol – ivres, sans abri, fatiguées – sont familières à chacun d'entre nous.
J'ai bu mon eau de coco. Je devais rentrer ensuite, car j'avais rendez-vous avec Juan Arias, du quotidien espagnol *El País*. À mon retour, j'ai remarqué que l'homme était toujours allongé, là, sur le sol. Tous ceux qui passaient près de lui faisaient comme moi : ils regardaient et continuaient leur chemin.
Il se trouve que – même si je ne m'en rendais pas compte – mon âme était fatiguée d'avoir vu cette même scène tant de fois. Quand je suis repassé près de cet homme, quelque chose de plus fort que moi m'a poussé à m'agenouiller pour essayer de le relever. Il ne réagissait pas. J'ai incliné sa tête et j'ai vu du sang près de ses tempes. S'agissait-il d'une blessure sérieuse ? J'ai nettoyé la peau avec ma chemise : cela ne semblait pas grave.
À ce moment, l'homme a commencé à murmurer quelques mots du genre : "Demandez-leur de ne pas me frapper." Il était donc vivant, je devais le relever et appeler la police.
J'ai arrêté le premier passant et lui ai demandé de m'aider à traîner cet homme jusqu'à l'ombre, entre le trottoir et le sable de la plage. Il a tout laissé et est venu m'aider. Lui aussi, sans doute, avait une âme fatiguée d'observer ce genre de scènes.
Une fois l'homme à l'ombre, je me suis dirigé vers chez moi. Je savais que tout près de là se trouvait un poste de police et que je pouvais demander du secours. Mais avant d'y arriver, j'ai croisé deux agents. "Il y a un homme blessé devant le numéro tant, leur ai-je dit. Je l'ai mis sur le sable, il faudrait appeler une ambulance." Les agents m'ont répondu qu'ils allaient s'en occuper. Bien, j'avais accompli mon devoir. La bonne action de la journée ! Le problème était désormais entre leurs mains, à eux de se montrer responsables. Je pensais au journaliste espagnol qui devait être arrivé chez moi.
À peine avais-je fait quelques pas qu'un étranger s'est approché de moi, m'expliquant dans un portu-

gais quasi inintelligible : “J’avais déjà prévenu la police au sujet de cet homme, mais ils m’ont signifié que, s’il ne s’agissait pas d’un voleur, ça ne les concernait pas.”

Sans laisser l’homme terminer, je suis retourné vers les agents, convaincu qu’ils savaient qui j’étais et que ma notoriété pouvait résoudre beaucoup de choses. “Vous êtes une autorité ?” m’a demandé l’un d’eux, voyant que je réclamais de l’aide de manière plus incisive. Visiblement, ils n’avaient pas la moindre idée de qui je pouvais être. “Non”, leur ai-je répondu, “mais nous allons régler ce problème immédiatement”.

J’étais mal habillé, avec ma chemise tachée de sang, un pantalon court coupé dans un vieux jean, en sueur. J’étais pour eux un homme ordinaire, anonyme, sans autre autorité que ma lassitude de voir des gens allongés sur le sol, depuis des années, sans avoir jamais rien fait pour eux.

Et cela a tout changé. Il existe un moment où vous vous trouvez au-delà de la peur, un moment où votre regard est différent, et où les gens comprennent que vous parlez sérieusement. Les agents m’ont accompagné et sont allés appeler une ambulance.

De cette promenade, j’ai tiré trois leçons :

a) Nous pouvons tous arrêter une action quand nous sommes encore purs ; b) il y a toujours quelqu’un qui vous dit : “Maintenant que tu as commencé, va jusqu’au bout.” Et enfin : c) nous sommes tous une autorité quand nous sommes absolument convaincus de ce que nous faisons. »

J. A. – *Le thème des signes, comme celui que tu viens de vivre sur la plage avant notre rencontre, la façon de les reconnaître et leur signification dans notre vie est récurrent dans tes livres. Mais quand considères-tu qu'il s'agit d'un signe véritable? Il serait facile de lire des signes en toutes choses...*

P. C. – Tu as raison, à force de voir des signes en tout nous pourrions devenir paranoïaques. Tiens ! en ce moment je vois une rose brodée sur le sac de Roseana, ta compagne, et là, dans mon ordinateur, j'ai sainte Thérèse de Lisieux et une rose. Je pourrais y voir un signe très concret de complicité envers sainte Thérèse, mais cela peut te mener à la folie, parce que si tu vois une cigarette *Galaxy*, tu peux penser que tu dois parler des galaxies. Et ce n'est pas cela.

– *Qu'est-ce qu'un signe alors ?*

– Le signe est une langue. C'est l'alphabet que tu développes pour parler avec l'âme du monde, ou de l'univers, ou avec Dieu, quel que soit le nom que tu lui donnes. Comme tout alphabet, il est propre à chacun et t'évite ainsi de globaliser la quête spirituelle.

– *Qu'entends-tu par globaliser le spirituel ?*

– À mon avis, dans les cent prochaines années, la tendance de l'humanité ira vers la quête de la spiritualité. J'observe que de nos jours les gens deviennent plus ouverts à ce thème que durant le siècle qui s'achève. Nous avons compris que l'on ne peut plus soutenir que la religion est l'opium du peuple, d'autant plus que ceux qui l'affirmaient n'avaient probablement jamais goûté l'opium.

Mais lorsque nous commençons à explorer le religieux, nous pénétrons dans une mer inconnue. Et là, nous prenons peur et nous nous accrochons à la première personne venue pour qu'elle nous aide. C'est aussi par besoin de nous relier aux autres, d'être en communion avec l'âme des autres.

Pourtant nous devons parfois marcher seuls, comme sur le chemin de Saint-Jacques. Tu l'entreprends dans l'obscurité, sans savoir ce que tu vas découvrir, même si tu espères y trouver des pistes pour te trouver toi-même, trouver ton destin. Et ces pistes, elles nous parviennent à travers un alphabet très riche, qui nous permet de pressentir ce qui doit ou ne doit pas se faire.

– *Ne crois-tu pas que le danger est que nous ne voyions que les signes qui nous conviennent ou ceux qui pourraient nous détourner du vrai chemin ? Comment atteindre la certitude de se trouver devant un signe véritable ?*

– Au début, nous ne croyons à rien, ou presque ; dans un deuxième temps nous doutons, nous pensons que nous nous sommes trompés ; dans le troisième tout nous paraît signes ; ce n'est que plus tard, lorsqu'un signe croise ton chemin à plusieurs reprises, sans que tu l'aies cherché, que tu comprends que tu te trouves devant un langage qui va au-delà de la réalité.

– *Pourrais-tu donner un exemple personnel de quelque chose qui te serait arrivé dernièrement et que tu aurais interprété comme un signe ?*

– J'ai dit tout à l'heure que j'avais Thérèse de Lisieux dans mon ordinateur. Cela peut sembler curieux, mais ma dévotion pour cette sainte française, qui mourut très jeune, est née d'un enchaînement de signes. Je n'avais rien à voir avec elle. Puis, j'ai lu un livre d'elle et ma première impression a été pénible : elle m'a paru une pauvre hystérique. Peu à peu, pourtant, elle a pris de l'importance dans ma vie.

Ainsi l'année dernière, à mon retour d'Allemagne, j'ai assisté au baptême d'un enfant dont j'étais le parrain. Le curé qui avait célébré le baptême a commencé à me parler de sainte Thérèse au cours du dîner et m'a donné un livre d'elle. Comme je devais entreprendre une tournée très longue, je lui ai demandé de me bénir. Puis, il s'est agenouillé et m'a dit : « Maintenant bénis-moi à ton tour. – Moi ? » ai-je rétorqué, très surpris. Pour moi ce sont les prêtres qui bénissent les gens, et non l'inverse. Mais il a insisté et, pour ne pas lui déplaire, je l'ai béni.

Quelque temps plus tard, avant le Salon du Livre, quelqu'un s'est approché de moi – j'avais jeté le livre du curé sans le lire – et m'a dit : « J'ai un message de sainte Thérèse pour toi. » Je fais une parenthèse pour préciser que je suis arrivé à un moment de ma vie où je crois tout. Si quelqu'un me dit : « Viens, allons voir voler les chevaux », j'y vais. Ma première impulsion est d'accorder aux gens une confiance totale, même si je suis implacable avec le mensonge... Mais j'ai vu tellement de « miracles » dans ma vie que lorsque cet inconnu m'a dit être porteur d'un message de sainte Thérèse, je l'ai cru.

– Il a pourtant fallu davantage pour que tu comprennes que c'était signe que cette sainte allait compter dans ta vie.

– Bien sûr, mais à partir de ce moment, j'ai découvert des choses que je n'aurais jamais imaginées. Par exemple, mon père m'a appris que ma mère avait toujours eu une grande dévotion pour cette sainte. On tourne actuellement un film sur mes voyages internationaux, une production franco-américano-canadienne, et le cameraman m'a dit au Japon – nous n'avions jamais abordé le sujet – : « Je fais un film sur sainte Thérèse, parce que c'est ma sainte de dévotion, peux-tu me parler d'elle ? Je sais que tu ne crois pas en sainte Thérèse, mais... » Et moi : « Comment cela, je ne crois pas en sainte Thérèse ! » Voilà les signes. Je te raconte cette histoire pour t'expliquer qu'au début tu commences par refuser, et, plus tard, quand les signes se manifestent, ils le font dans un langage qui t'est propre et sans équivoque.

– *Et si tu te trompes, si tu suis la piste d'un faux signe ? Cela ne risque-t-il pas de gâcher ta vie ?*

– C'est un sujet délicat. Le danger, ce n'est pas que tu puisses te tromper en suivant un signe qui, à la fin, se révèle faux. Pour moi, le grand danger dans la quête spirituelle, ce sont les gourous, les maîtres, le fondamentalisme, ce que j'appelais tout à l'heure la globalisation de la spiritualité. Le moment où quelqu'un vient te dire : Dieu est ceci, il est cela, mon Dieu est plus fort que le tien. La seule manière d'y échapper est de comprendre que la quête de la spiritualité est une responsabilité personnelle que tu ne peux pas transmettre ni recommander à d'autres. Il vaut mieux te tromper en suivant les signes auxquels tu crois, plutôt que de permettre à d'autres de décider de ton destin. Tout cela n'est pas une critique de la religion, qui est un aspect de la vie des hommes que je considère très important.

– *Pour toi, qu'est-ce que la religion ?*

– Je la vois comme une manière collective d'adorer. Je dis bien adorer, pas obéir. Ce sont deux choses très différentes. On peut adorer Bouddha, Allah, le Dieu de Jésus, peu importe. Ce qui compte, c'est qu'à un moment, ensemble, un groupe communique avec le mystère. Nous nous sentons alors plus unis, plus ouverts à la vie, nous comprenons que nous ne sommes pas seuls au monde, que nous ne sommes pas isolés. C'est cela pour moi la religion, pas un ensemble de règles et de commandements imposés par d'autres.

– *Pourtant, si je ne me trompe pas, tu acceptes les dogmes de l'Église catholique, à laquelle tu t'es converti après ta période d'athéisme.*

– La question des dogmes donnerait lieu à une discussion très longue. Mais le dogme, tu peux l'accepter seulement parce que tu le veux, et non parce qu'on te l'impose. Lorsque j'étais enfant, je disais, sans comprendre, comme tout le monde, que Marie avait conçu sans péché originel, que Jésus était Dieu, que Dieu est Trinité. Plus tard j'ai connu beaucoup de théologies, celle de droite, celle de la libération. Ce sont des formes qui changent et évoluent. Mais j'ai cinquante ans et les dogmes ont des siècles. Selon Jung, les dogmes sont tellement absurdes en apparence qu'ils constituent la manifestation la plus claire, magique et géniale de la pensée humaine, parce qu'ils sont au-delà de la conscience.

Aujourd'hui, les dogmes, aussi absurdes qu'ils me paraissent, mon cœur les accepte librement. Pas parce qu'ils me sont imposés, pas parce que je suis, comme autrefois, contraint de les accepter, mais parce que je m'efforce d'être humble devant le mystère. Au fond, toutes les religions ont leurs dogmes, qui sont des paradigmes du mystère le plus profond et le plus secret. Je trouve cela très beau, car ce n'est pas parce que je ne comprends pas quelque chose avec ma raison que ce n'est pas vrai. Le mystère existe.

– Le problème, c'est que les religions essaient de t'imposer les dogmes par crainte des châtiments éternels.

– J'ai vécu cela dans ma jeunesse. C'est pourquoi j'ai abandonné la religion et suis devenu athée. On m'avait convaincu que le catholicisme était la pire chose du monde, une secte de plus. J'ai dû faire un long chemin avant d'y revenir. Je ne dis pas que le catholicisme est meilleur ou pire que d'autres religions, mais il est dans mes racines culturelles, dans mon sang. Pour moi il a été un choix personnel et libre. J'aurais pu me tourner vers la religion musulmane ou le bouddhisme, ou rien. Mais j'ai senti que j'avais besoin d'autre chose dans ma vie que l'athéisme, et le catholicisme a été le moyen de communier avec le mystère, avec d'autres personnes qui croient comme moi. Cela n'a rien à voir avec le curé qui célèbre la messe. Le dogme est au-delà des rites. La quête du mystère est une quête de grande liberté.

– *Cela ne te pose-t-il pas de problèmes de savoir que ces dogmes, que tu acceptes comme moyen de communiquer avec le divin, proviennent d'une institution qui a créé l'Inquisition, qui combattait ceux qui n'acceptaient pas ses dogmes ?*

– Si, et d'une Église qui continue de refuser à la femme le droit de participer pleinement à la vie ecclésiastique.

– *Une institution qui a abusé tant de fois du pouvoir et a enchaîné bon nombre de consciences.*

– En Amérique latine, nous en avons beaucoup souffert, et en Espagne aussi vous en avez souffert, n'est-ce pas ?

– *Et malgré tout, cela ne te pose pas de problèmes…*

– Non, parce que je sais faire la distinction entre l'essence de la religion et les attitudes de ses hommes, qui peuvent être bons ou mauvais et peuvent en abuser. Et je vois dans la religion un ensemble de personnes formant un corps vivant et en mouvement, avec toutes ses misères et ses choses sublimes.

– *Si j'ai bien compris, ce que tu retiens de la religion, c'est le mystère et la communion entre les croyants ?*

– Oui. Ce qui m'intéresse, ce sont les gens qui croient en ce mystère, pas celui qui le célèbre et qui peut être indigne. Dans la parabole du bon Samaritain, Jésus critique la conduite du lévite qui passe à côté du blessé et ne s'arrête pas. Au contraire, il loue le Samaritain qui s'occupe du blessé. À cette époque, le lévite était le religieux et les Samaritains les athées.

– *Crois-tu que toute quête spirituelle ait besoin d'une Église instituée ?*

– Non ! Lorsque tu entres dans une église il faut même être très attentif à ce que l'on ne tente pas de se substituer à ta responsabilité. Ce que je crois, c'est que la religion en soi – et non ce qu'on en fait parfois – n'est pas en contradiction avec une quête personnelle du spirituel. L'important est de parvenir à faire un grand vide en soi ; se dépouiller du superflu, savoir vivre avec l'essentiel, être toujours en chemin.

Je me souviens de ma période hippie. Nos maisons étaient remplies de posters, de disques, de livres, de revues, d'objets aux mille formes. Il ne restait plus d'espaces vides. Aujourd'hui je me suis libéré de tout cela. Comme tu le vois, ma maison est très grande mais elle est vide. Je conserve seulement quelques objets symboliques. Même mes livres, je les tiens cachés, parce que je ne veux pas exhiber devant les autres ce que je lis ou ne lis plus.

– *L'importance que tu accordes au vide m'intéresse beaucoup. Il y a un très beau poème de Lao-tseu qui dit ceci :*

Trente rayons convergent au moyeu
mais c'est le vide médian
qui fait marcher le char.

On façonne l'argile pour en faire des vases,
mais c'est du vide interne
que dépend leur usage.

Une maison est percée de portes et de fenêtres,
c'est encore le vide
qui permet l'habitat.

L'Être donne des possibilités,
c'est par le non-être qu'on les utilise[1].

– Ce poème de Lao-tseu est très beau. Moi aussi, aujourd'hui, je m'efforce de simplifier ma vie au maximum, de ne conserver que l'essentiel.

Bouddha disait : « Il est très facile pour l'impuissant de faire vœu de chasteté et pour le pauvre de renoncer à la richesse. » Je n'ai pas fait vœu de chasteté, mais je découvre peu à peu que la vie est très simple, et que l'on a besoin de peu de choses pour vivre heureux. Quand je voyage, j'emporte une valise insignifiante pour me sentir libre et léger. Et je me suis rendu compte que cette valise minimale me servait pour tous les voyages, courts ou longs. On ne peut pas connaître la plénitude si l'on n'a pas su d'abord faire le vide en soi, comme l'ont toujours très bien expliqué les grands mystiques des grandes religions.

– *Tu insistes beaucoup sur le fait que l'homme doit suivre un chemin spirituel, quel qu'il soit, parce que les choses matérielles, aussi intéressantes soient-elles, ne peuvent pas suffire à le rendre pleinement heureux. Mais n'est-ce pas parfois la peur qui conduit à se réfugier dans le spirituel ?*

– Non. Pourquoi ? De tout temps, les hommes et les femmes ont été des pèlerins en quête d'inconnu. Ils ont toujours été attirés par ce qui n'est pas évident, tangible, matériel. Ils l'ont cherché de mille manières, quelquefois en se trompant, en dépit du bon sens.

– *Précisément parce que le domaine de ce qui a été découvert par l'homme est de plus en plus étendu, celui-ci a tendance à chercher n'importe quoi qui soit encore inconnu, n'est-ce pas ?*

1. Extrait du *Tao-tö-king*, traduit du chinois par Liou Kia-Hway, Gallimard, 1967 *(NdT)*.

– Exactement. Ce qui se passe, c'est que parfois nous nous laissons abuser par les utopies. L'utopie marxiste prétend tout changer en transformant les structures de la société et en venant à bout du capitalisme. Elle n'y est pas parvenue. L'utopie freudienne soumet la guérison de l'âme au retour au passé. La troisième utopie, le conservatisme, soutient que l'on trouve une solution à tout en laissant les choses comme elles sont, immobiles, sans rien changer ou en changeant juste ce qu'il faut pour que tout reste pareil. Eh bien, toutes ces utopies du siècle qui s'achève ont échoué, du moins en grande partie.

– *Quelle est l'alternative ?*

– C'est la grande quête, la marche vers un point encore inconnu, une mer difficile, semée de périls, d'embûches, de gourous, de maîtres qui veulent nous imposer leur vision du monde et des choses.

Tu disais tout à l'heure que parfois les gens se tournent vers la quête spirituelle parce qu'ils ont peur, mais c'est aussi parce qu'ils ont peur qu'ils restent assis sur la plage sans rien tenter. L'humanité est à un croisement : d'un côté, le chemin déjà connu du conservatisme, les choses cristallisées, les règlements et les obligations légales, la religion comme système légal de conduite. De l'autre, la forêt obscure, inconnue, le nouveau, la véritable culture créative, la recherche de questions qui peuvent encore trouver des réponses, l'acceptation de la vie comme aventure de l'esprit.

– *Un de tes critiques affirme que lorsque ce siècle et ce millénaire se termineront, personne n'aura plus besoin de tes livres.*

– Curieusement, qu'un siècle se termine ou pas, pour moi cela ne change rien. C'est quelque chose de conventionnel. En outre, quand nous serons en 2000, nous ne parlerons plus de fin de millénaire, parce que nous aurons vu que rien n'a changé et que tout est toujours pareil. Ceux qui me critiquent pensent peut-être qu'un événement particulier va se produire, tandis que moi je suis certain que rien ne va se passer. Les problèmes que nous aurons le 31 décembre 1999 à minuit, nous les aurons encore le premier jour du nouveau millénaire, l'univers continuera et les hommes auront toujours les mêmes peurs, les mêmes espérances et les mêmes envies de poursuivre la quête de quelque chose qui apaise leur soif d'infini. Elle ne les a jamais abandonnés au long des siècles, et les pousse à chercher l'inconnu.

(À ce moment de la conversation, dans le ciel au-dessus de la plage de Copacabana passe un hélicoptère qui tire un gigantesque panneau publicitaire annonçant la nouvelle station du métro de Rio de Janeiro qui, après quinze ans d'attente, est arrivé à cinquante mètres de la mythique plage de Copacabana. Coelho explique qu'on lui a demandé de patronner cette affiche par une phrase de lui mais qu'il a refusé, parce qu'il se serait agi de faire de la publicité aux politiciens.)

– *Est-il vrai que tu vois cette quête spirituelle comme une grande aventure ?*

– C'est la grande aventure, ce que nous avons de plus excitant. Prenons la Grenade espagnole – cette ville tellement magique pour moi. En 1492 Grenade était conquise. On avait expulsé Boabdil, le dernier Maure, quelle serait donc la prochaine aventure ? Traverser le Détroit et aller vers l'Afrique, cela semblait logique. Un homme qui assistait à la reddition du dernier Maure disait pourtant : « Comment l'Afrique ! L'Afrique, nous la connaissons déjà, je veux de l'argent pour aller aux Indes. – Pourquoi les Indes ? Allons ! » En effet, la logique, c'était l'Afrique. Cet homme, c'était Christophe Colomb, et comme, malgré tout, il n'a pas voulu remettre son voyage, il l'a donc fait l'année même de la reconquête de Grenade. Le 12 octobre de cette année 1492, cet homme arrive en Amérique et tout le flux d'énergie de l'Espagne, qui selon la logique aurait dû se diriger vers l'Afrique, change de direction et se tourne vers l'Amérique.

– *Et c'est grâce à Colomb que nous sommes ici.*

– Peut-être. Nous ne pouvons pas le savoir, mais assurément, sans lui, l'histoire de l'Espagne aurait été différente. Le fait est que ce n'est pas un système politique ou une logique militaire qui ont réussi à modifier tous les projets des dirigeants de l'époque, mais un homme, un aventurier têtu.

Voilà ce qui change le monde. Cela arrive encore de nos jours, dans les grandes et les petites choses. Bien sûr il est plus difficile aujourd'hui qu'un homme seul puisse changer le cours du monde. Mais quand tous les aventuriers qui continuent de croire à la quête de l'inconnu et qui se laissent mener par l'énergie de leur esprit s'unissent, sans se sentir tenaillés par la rigide discipline de la logique cartésienne, il finit par se créer une masse critique capable de changer les choses. Il y a aujourd'hui plus d'aventuriers de l'esprit qu'on ne le croit. Ils parcourent des mers inconnues et ce sont eux qui, sans que l'on sache comment, font brusquement tourner le vent de l'histoire. C'est pourquoi je n'aime pas tellement suivre la logique, je préfère la philosophie du paradoxe, celle qui très souvent finit par triompher de toutes les logiques et de toutes les évidences.

– *Est-il possible de reconnaître ces aventuriers de l'esprit parmi la foule de ceux qui se contentent de leur morceau de pain quotidien ?*

– Oui, parce que dans leurs yeux brille la flamme de l'enthousiasme. J'ai écrit un livre qui s'appelle *Le Manuel du guerrier de la lumière.* Je parle des gens ordinaires qui continuent de croire à l'inconnu. Ils sont les maîtres sans être des maîtres. La vérité, c'est qu'aujourd'hui nous sommes tous disciples et maîtres plusieurs fois par jour. Comme l'étranger qui m'a signalé l'attitude de la police devant l'homme blessé sur la plage de Copacabana. Il a été mon maître, parce qu'il m'a permis de reconnaître que je pouvais faire quelque chose puisque je suis brésilien. Nous sommes tous maîtres. Les guerriers de la lumière, les nouveaux aventuriers de l'esprit, se reconnaissent parce qu'ils ont les défauts, les vanités, les sentiments de culpabilité de tous les mortels, mais ils ont en même temps quelque chose de différent, qui est ce feu dans les yeux. Ils vivent la vie avec enthousiasme, sans pourtant se sentir différents ni privilégiés.

– *C'est un antidote contre le défaitisme et la solitude qui envahissent l'homme contemporain, qui pense qu'il n'y a aucun espace pour de nouvelles aventures hors du quotidien.*

– Oui, parce qu'ils savent qu'ils ne sont pas seuls. Je crois que le succès de mes livres, que beaucoup ne s'expliquent pas, est dû en partie à ce qu'ils aident à se reconnaître dans ces personnages en quête d'aventures spirituelles. Mes livres sont pleins de ces signes. Je n'en parle pas explicitement, sauf dans un paragraphe de *L'Alchimiste,* mais tout le monde comprend exactement de quoi il est question.

– *Pourquoi ?*

– Parce que nous sommes tous dans une même vibration. L'écrivain ici est seulement un compagnon de plus de cette aventure, pas celui qui enseigne. Quelles nouveautés contiennent mes livres ? Aucune. Qu'est-ce que je partage avec mes lecteurs ? Ma vie, mon expérience. Ainsi, le lecteur japonais, qui possède une culture très différente de la mienne, me dit :

« Je savais cela, pas à un niveau conscient, mais je comprends que cela parle de moi. »

Dans mon nouveau roman, *Veronika décide de mourir*, est abordé le thème de la folie et du suicide. J'ai fait dix copies du manuscrit et je les ai données à lire à un certain nombre de personnes. Quelle ne fut pas ma surprise en découvrant que toutes avaient eu une histoire de suicide ou de folie dans leur famille. J'ai reçu un fax d'Angleterre : « Ton livre m'est parvenu. Il me plaît beaucoup. Je crois que le seul moment de ma vie où je me suis sentie loin de Dieu, c'est quand j'ai tenté de me suicider, mais j'ai survécu. » Il était signé Amelia. Amelia est une femme qui travaille avec moi depuis vingt ans, et je n'aurais jamais pensé qu'elle avait tenté de se suicider.

– *C'est-à-dire que l'écrivain serait le catalyseur des expériences des autres.*

– Catalyseur, oui, pas élément transformateur. La fonction du catalyseur n'est pas de se mêler aux choses mais de permettre leur manifestation. Alors les gens les découvrent. Un garçon étudie le droit mais il se rend compte qu'il préférerait travailler comme jardinier. J'ai là des milliers de lettres de gens qui aimeraient changer de travail et se consacrer au jardinage. Certains disent que dans leurs familles on pense qu'il vaut mieux être ingénieur, mais qu'ils souhaiteraient pouvoir travailler dans un jardin, à l'air libre, en contact avec la nature.

– *Tout cela est très joli. Mais ne t'est-il jamais venu à l'esprit que, pour avoir voulu suivre ton message, quelqu'un avait échoué ?*

– Si, moi-même.

– *Ce n'est qu'une plaisanterie.*

– Eh bien, soyons sérieux. En réalité, je n'envoie de messages à personne. Je me contente de raconter dans mes livres ce qui m'est arrivé dans la vie. Je dis que cela m'est arrivé à moi, mais je n'ajoute pas :

fais-en autant. Non. Je parle de ma tragédie, de mes erreurs, de la façon dont je m'en suis sorti, mais je ne prétends pas que c'est la solution pour tout le monde, parce que chaque vie est différente et singulière. De fait, si nous mettions en rang tous les êtres humains qui vivent sur la terre, nous n'en trouverions pas deux semblables.

Je ne crois pas aux messages collectifs, je crois à un élément catalyseur et déflagrateur. Par exemple, je tente de faire comprendre, par mon expérience, qu'échouer et être vaincu ce n'est pas la même chose. Ceux qui n'ont même pas essayé de mener leur bataille échouent et ceux qui ont été capables de lutter sont vaincus. Et cette défaite n'est pas une honte. Elle peut être un tremplin pour de nouvelles victoires. Comme le dit très bien José Saramago, dans votre livre *L'Amour possible*, il n'y a jamais de défaites ni de victoires définitives, parce qu'une défaite aujourd'hui peut devenir une victoire demain.

– *Tu te déclares croyant. Qui est Dieu pour toi ?*

– C'est une expérience de foi. Rien de plus. Je considère que définir Dieu est un piège. Au cours d'une conférence, on m'a posé cette question. J'ai dit : « Je ne sais pas. Dieu pour moi n'est pas la même chose que pour toi », et l'auditoire a applaudi à tout rompre. C'est ce que ressentent les gens, qu'il n'existe pas un Dieu à la mesure de tous, parce que c'est très personnel.

– *Leonardo Boff dit souvent que Dieu est une « grande passion ».*

– Et en ce sens, il est le même pour tous, car nous sommes tous capables d'éprouver et de concevoir une grande passion.

– *Que serait alors pour toi un athée ?*

– Pour moi, la question n'est pas de croire. Je connais des athées qui se comportent mille fois mieux que beaucoup de gens qui se déclarent croyants, parce que quelquefois le croyant a la tentation de se transformer en juge de son prochain du fait qu'il croit en Dieu. Un athée est quelqu'un qui ne manifeste Dieu qu'à travers ses œuvres. Comme le disait l'apôtre Jacques, ce qui nous permet de nous reconnaître comme fils de Dieu, ce sont nos œuvres, pas notre profession de foi. « Montre-moi tes œuvres et je te montrerai ta foi. »

D'autre part, nous qui nous considérons comme croyants, nous devons confesser que notre foi est toujours très fragile. Je crois aujourd'hui, par exemple, que ma foi est très grande, et cette nuit cette certitude se sera évanouie. La foi n'est pas une ligne droite.

– *L'écrivain sicilien Leonardo Sciascia disait que, parfois, il croyait au trottoir de la rue et que lorsqu'il traversait la rue il n'y croyait plus.*

– Exactement. La différence est que le croyant a une certaine conviction que quelque chose existe au-delà, même si très souvent il ne sent pas cette foi.

– *Tu as dit à un moment que lorsque tu te reliais au centre de l'énergie, tu ressentais un plaisir. Qu'est pour toi le plaisir ?*

– Ce n'est pas simple. J'ai travaillé sur le sadomasochisme et j'ai appris que parfois le plaisir procède de la douleur. Je n'ai pas l'habitude de recourir à des métaphores, mais je vais en utiliser une : pour moi le plaisir est le « bon combat », c'est-à-dire quelque chose de très différent du bonheur. Je ne lie pas le bonheur au plaisir. L'idée que j'ai du bonheur est très ennuyeuse : un dimanche après-midi où il ne s'est rien passé. Mon livre *Le Guerrier de la lumière* parle de lutte et de combat, de l'enthousiasme de livrer une bataille pour atteindre quelque chose qui te remplit de joie. Parfois tu perds, d'autres fois tu gagnes, mais cela n'a pas d'importance, ce qui compte c'est de lutter pour obtenir ce que tu désires. Disons donc que le plaisir est tout ce que tu fais avec enthousiasme ; il peut y avoir de la douleur et de la souffrance, mais cela n'annule pas le plaisir fondamental de savoir que tu luttes pour ce que tu aimes.

– *Pourtant tous les hommes courent à la recherche du bonheur qui élimine la douleur.*

– Je crois que c'est un piège. Le bonheur est une question sans réponse, comme « qui suis-je ? ». Ce sont des questions inutiles. Pourtant l'humanité n'a pas passé mille ans à la recherche de ce vain bonheur sans raison. Pour moi, le bonheur est quelque chose de très abstrait. En vérité, je ne suis jamais heureux.

– *Même quand paraît un nouveau livre de toi qui connaît un gros tirage ?*

– Je ressens de la joie. C'est un moment de tension, de défi, qui me donne de la joie, car c'est le fruit d'une bataille que j'ai menée avec sacrifice, mais du bonheur, non. Le bonheur serait de dire : « Bravo, j'ai publié un livre à succès ! Je suis un écrivain confirmé. Je peux dormir heureux. » Ce n'est pas vrai. Je suis une personne satisfaite, qui connaît des hauts et des bas, des batailles gagnées et perdues, des défaites, mais toujours la joie, la joie d'un torero. De fait, j'adore les corridas, même si je sais qu'il n'y a pas plus politiquement incorrect. J'adore parce que c'est le moment où la vie et la mort se trouvent face à face. Là il n'y a pas de place pour les philosophies, car l'un des deux, le taureau ou le torero, va mourir. C'est pourquoi les aficionados disent que la joie est l'une des qualités que doivent posséder aussi bien le taureau que le torero. Un taureau sans joie n'est pas bon pour la corrida.

– *Mais les taureaux meurent en général plus que les toreros.*

– C'est vrai, mais il arrive aussi que le torero meure. Il sait très bien qu'il joue sa vie chaque fois qu'il entre dans l'arène, c'est pour cela qu'il a l'habitude de prier la Vierge avant le début de la corrida. Quand paraît un nouveau livre, c'est comme si je me lançais dans l'arène : même si je sais que c'est périlleux, je suis content parce que j'accepte un nouveau défi. J'ai lutté pour y parvenir, je me suis lancé en sachant que je pouvais subir une défaite, qu'on pouvait me crucifier, mais je ressens la joie d'avoir réussi ce que je voulais : donner le jour à un nouveau livre.

Pour moi, la vie est comme une corrida, je dois affronter à chaque moment le taureau de ma responsabilité et je ne sais jamais si je vais réussir ou non. Tout cela me donne de la joie, mais pas du bonheur.

– *Alors qu'est-ce que le malheur pour toi ? Quand te sens-tu malheureux ?*

– Dans les moments de lâcheté, quand je cherche un chemin trop confortable. Paradoxalement, je me sens malheureux quand je cherche la commodité du bonheur.

– *Tu te considères comme une personne qui aime les extrêmes. Dans ce cas, tu ne dois pas non plus aimer l'harmonie de la paix conquise, si tu préfères la joie de la lutte.*

– Exactement. Je n'ai jamais cherché l'harmonie dans ma vie. Il me semble que la vie s'achève au moment où tu cesses de lutter et où tu dis : « Je suis arrivé. » Ce serait le bonheur, que je n'aime pas et que je ne cherche pas. Dans ma vie je me suis senti ainsi deux ou trois fois, disons heureux, immobile, arrivé au bout d'un chemin. Mais cela n'a pas duré longtemps : le bon Dieu m'a très vite donné un coup de pied et m'a remis en mouvement.

Je crois que les hommes se partagent entre ceux qui cherchent la paix de l'esprit et les guerriers de la lumière qui, comme disait saint Paul, aiment toujours combattre et ne s'installent pas dans leur bonheur conquis. Ce sont les hommes qui aiment les défis permanents, la lutte, la quête sans fin. Le guerrier de la lumière est comme le torero, qui ne conçoit pas sa vie autrement qu'en passant le plus de temps possible dans les arènes. La vie d'un écrivain est aussi un perpétuel défi : être toujours sur la brèche, exposé aux trophées autant qu'aux huées.

– *Si tu devais expliquer à un groupe de jeunes gens qui est Paulo Coelho, comment te décrirais-tu ?*

– Comme un pèlerin qui parcourt un chemin qui n'a pas de fin. Comme le pèlerin qui connaît l'existence d'un trésor, qui regarde vers ce trésor guidé par les signes, comme le berger de *L'Alchimiste*. Pour lui, il est important d'atteindre le trésor, mais lorsqu'il arrive il constate qu'il n'est plus le même, il a changé, il est différent. Ce qui te forge et te transforme, c'est le chemin et la quête. Je continue de chercher.

2

Asile d'aliénés, prison et torture

« Ce que j'ai découvert de terrible à l'asile, c'est que je pouvais choisir la folie et vivre tranquille sans travailler. »

« La prison a été l'expérience de la haine, de la cruauté et de l'impuissance totale. Ce fut mille fois pire que l'asile. »

L'enfance et la jeunesse de Paulo Coelho n'ont pas été faciles, mais riches en épreuves très diverses, parfois extrêmes et cruelles, comme celle de l'asile d'aliénés et celle de la prison, où il a été torturé par un groupe paramilitaire pendant la dictature au Brésil. Il a été un jeune rebelle, avide de toutes les expériences, enfant fidèle de 1968, époque des ouvertures et des folies, toujours à la recherche de quelque chose qui lui apporterait la plénitude, sans se laisser dominer par les conventions familiales ou sociales. Il a été un non-conformiste déclaré, capable toutefois de reconnaître ses erreurs lorsqu'il se trompait et de faire marche arrière dans ses excès. Comme il le confesse ici, il n'a jamais éprouvé de haine ni de rancœur envers ses parents, qui par trois fois l'ont fait interner dans un asile d'aliénés alors qu'il était encore presque un enfant, convaincu qu'ils l'avaient fait pour son bien.

– *Comment as-tu vécu ton enfance ? As-tu des frères ?*

– J'ai une sœur qui est ingénieur chimiste. J'étais l'aîné et le plus rebelle. J'ai très vite compris la vérité de la vie : quoi que tu fasses, si tu es l'aîné de la famille, tu es toujours coupable de tout ce qui se passe autour de toi, tu es toujours la victime. Au début, cela m'ennuyait beaucoup, parce qu'il y avait des choses dont je n'étais pas responsable, évidemment. Jusqu'au jour où je me suis dit : « Bon, si c'est comme ça, puisque l'on m'attribue les méchancetés que font les autres, je vais faire tout ce dont j'ai envie. » C'était une manière de me rebeller contre l'injustice.

– *Quels sont tes premiers souvenirs d'enfance ?*

– C'est curieux, mais j'ai certains souvenirs très clairs. Nous habitions à Botafogo, un quartier classique de Rio de Janeiro, où j'ai vécu toute ma vie. Ce que je vais te raconter, tu ne vas sans doute pas le croire et moi-même je ne me le suis jamais expliqué. J'ai même demandé à des médecins si c'était possible, si c'était arrivé à d'autres enfants. Figure-toi que je me souviens nettement qu'à peine né j'ai reconnu ma grand-mère, qui se trouvait là. Je me souviens que j'ai ouvert les yeux et que je me suis dit : « C'est ma grand-mère. » Je venais de naître.

– *Quels souvenirs as-tu de tes parents ?*

– Mon père était ingénieur, d'une famille très traditionaliste ; ma mère avait étudié la muséologie à l'université. Mon père vit encore ; il a une personnalité très dominatrice qui a eu une grande influence sur ma mère.

– *Alliez-vous à la messe ? Étiez-vous catholiques ?*

– Mes parents m'obligeaient à aller à l'église tous les dimanches, mais dans les dernières années du collège, chez les jésuites, nous devions y aller tous les vendredis. Mon éducation a été extrêmement formaliste. Je ne sais pas comment sont les jésuites aujourd'hui, mais à l'époque ils étaient très conservateurs et sévères. Très vite ma mère est entrée en crise. Elle a pris contact avec une théologie moins traditionnelle, qui n'était pas encore la théologie de la Libération, mais quelque chose de très proche et qui lui a ouvert les yeux. Elle a commencé ainsi à mettre sa foi en question. Elle a rencontré des religieux moins conformistes et des archéologues, et peu à peu elle a considéré les choses religieuses sous un autre angle, moins rigide. Durant cette période je n'étais pas très proche de ma famille.

– *Maintenant les jésuites sont beaucoup plus progressistes, surtout dans le tiers-monde.*

– À l'époque, ils se considéraient comme l'armée du Christ. Ils m'ont donné des bases excellentes pour la discipline, mais ils ont également provoqué chez moi l'horreur de la religion, dont j'ai fini par m'éloigner. C'est pourquoi, par contraste avec cette formation rigide et bornée, dès que j'ai quitté ce collège, où mes parents m'avaient envoyé parce que je ne réussissais pas dans les études, j'ai cherché les mouvements estudiantins les plus avancés, et surtout non croyants. Et j'ai commencé à me familiariser avec les écrits de Marx, Engels, Hegel, etc.

– *Pour finalement revenir au catholicisme.*

– Quand je me suis de nouveau intéressé à une quête spirituelle, j'étais convaincu que la dernière chose vers laquelle je me tournerais serait le catholicisme, parce que je l'avais en horreur ; j'étais totalement convaincu que ce n'était pas la voie, que c'était un Dieu de droite, qui n'avait pas un visage féminin, un Dieu de la rigueur, sans miséricorde, sans compassion, sans mystère. J'ai alors commencé à expérimenter toutes les autres religions et sectes, surtout celles d'origine orientale. Je les ai toutes essayées : Hare-Krishna, bouddhisme, philosophie yoga, tout. Je ne suis retourné régulièrement à la messe qu'après avoir fait le chemin de Saint-Jacques.

– *Tu étais un inquiet ?*

– Totalement. Et après ces diverses tentatives, je suis revenu à l'athéisme, à la suite d'une terrible expérience de magie noire que je te raconterai.

– *Qu'as-tu étudié à l'université ?*

– Le droit, mais par obligation. Je ne l'ai d'ailleurs pas terminé. Jusqu'à la fin de mes études secondaires, ma force de rébellion était totalement contrôlée, opprimée par mes parents, par la société, par mon milieu. Mais le jour où j'ai explosé, j'ai explosé complètement. Cela s'est produit quand je suis entré à l'université. Avant il y avait eu un moment où je stagnais dans mes études, j'ai traîné trois ans sans arriver à terminer mon secondaire, cela n'en finissait pas, je n'arrivais pas à en sortir ; finalement, ma famille a payé pour que je sois reçu à l'examen, et j'ai été reçu. C'est ainsi.

– *Quand tu as explosé, quelle a été la réaction de ta famille ?*

– La première fois, ils m'ont fait interner dans un asile d'aliénés, comme un fou.

– *Comment ont-ils pu faire interner une personne saine ?*

– À l'époque c'était possible. En tout cas, mes parents ont réussi. Et même trois fois parce que je m'échappais toujours. Comme cet asile existe encore, j'ai voulu connaître aujourd'hui les motifs allégués pour m'y faire enfermer avec les fous. J'ai eu la surprise de découvrir que leurs motivations étaient banales. Il est dit dans l'attestation médicale que j'étais irritable, que je m'opposais aux gens politiquement, qu'à l'école la situation empirait progressivement, que ma mère croyait que j'avais des problèmes sexuels, que je n'étais pas assez mûr pour mon âge, que lorsque je voulais quelque chose je m'efforçais de l'obtenir par tous les moyens, ce qui entraînait des attitudes de plus en plus radicales et extrémistes. Tout cela les avait conduits à m'interner.

– *Comment te sentais-tu intérieurement ?*

– J'avais dix-sept ans et la seule chose que je voulais, c'était écrire ; j'avais commencé à travailler comme reporter pour un journal, et je venais de lire toute l'œuvre d'Oscar Wilde. Au fond, j'étais un idéaliste et je pensais dans mon for intérieur qu'il était juste que quelqu'un qui souhaitait être écrivain passe par toutes les expériences, y compris celle de l'asile. Cela n'avait-il pas été le destin de tant d'artistes, Van Gogh et beaucoup d'autres ? J'y voyais une partie de ma légende personnelle, de mes désirs d'aventure. À l'asile, j'écrivais des poèmes, pourtant j'ai fini par m'échapper parce que j'étais très conscient que je n'étais pas fou ; je voulais vivre tout ce qui me plaisait jusqu'au bout. Aujourd'hui certains croient que mes parents m'ont mis là à cause de la drogue. Ce n'est pas vrai. Mon expérience des stupéfiants a commencé beaucoup plus tard, vers l'âge de vingt ans.

– *Quelle leçon tires-tu de cette situation limite, te sentir au milieu des fous sans l'être toi-même ?*

– Je vais être très sincère. Je crois que le grand danger de la folie ce n'est pas la folie, mais l'habitude de la folie. Ce que j'ai découvert dans ces moments que j'ai passés à l'asile, c'est que j'aurais pu choisir la folie et rester là toute ma vie sans avoir à travailler, sans rien faire d'autre que le fou. C'était une tentation très forte, comme cela apparaît dans mon dernier livre *Veronika décide de mourir*, où, même romancée, une partie de mon expérience est latente.

Dès le troisième jour chez les fous, je disais déjà : « Bon, je suis en train de m'habituer, ce n'est pas si mal ; c'est même confortable et l'on est protégé des problèmes extérieurs. » C'était comme un utérus maternel qui te donnait la tranquillité.

– *Quelles relations avais-tu avec les pensionnaires ?*

– Avec les fous ? Ils me paraissaient tous normaux. Ils avaient des moments de rage, mais comme nous en avons toi et moi dans la vie normale. Il y avait bien quelques schizophrènes, qui avaient perdu le contact avec la réalité, mais seulement trois ou quatre. Avec les autres je parlais, je discutais de philosophie, de livres, de tout. Nous avions la télévision, nous pouvions écouter de la musique et nous nous amusions beaucoup.

– *Et les électrochocs ?*

– Ce n'était pas agréable, mais ne crois pas non plus que tu sentes grand-chose. Quand ils m'ont été appliqués sur les parties génitales durant les tortures que j'ai subies pendant ma séquestration des années plus tard, cela a été terrible, épouvantable. Là oui, c'était douloureux, humiliant et honteux. Une horreur.

– *La première fois que tu as été interné, ton bulletin de sortie a été délivré pour bonne conduite. Mais la deuxième fois, d'après les dossiers médicaux de l'époque, tu t'es échappé. Comment y es-tu parvenu ?*

– J'étais totalement enfermé au neuvième étage ; je ne pouvais pas sortir, car on me considérait comme un fou dangereux ; on me donnait beaucoup de médicaments, on pratiquait des électrochocs. À cet étage, je suis resté presque deux mois, sans voir le soleil ; de quoi devenir vraiment fou. Il y avait un ascenseur, mais c'était un liftier qui te faisait monter et descendre. Un jour, je suis monté dans l'ascenseur avec lui et d'autres personnes, je suis descendu, je suis sorti et, incroyablement, je me suis senti libre devant la porte. Cela ressemblait à une histoire de Kafka.

– *Tout cela est très symbolique, tu étais prisonnier mais en réalité tu ne l'étais pas.*

– C'est d'un symbolisme terrible. Dans une nouvelle de Kafka, il y a un personnage qui arrive devant la porte d'un château et demande : « Puis-je entrer ? » Le gardien ne répond pas. À la fin de sa vie, il se présente de nouveau et dit au gardien : « Pourquoi ne m'avez-vous pas laissé entrer ? », et le gardien, qui est vieux lui aussi, lui répond : « Mais je ne vous ai jamais dit non. Vous me demandiez et je ne pouvais pas parler, pourquoi n'êtes-vous pas entré ? » Il m'est arrivé la même chose à l'asile : je suis descendu dans l'ascenseur tel que j'étais, en pyjama, et je ne suis pas revenu, même pas pour prendre quelque chose ; je n'avais pas d'argent, rien. Je suis allé chez un ami à pied, il m'a donné une guitare, un peu d'argent, et là je me suis dit : « Qu'est-ce que je fais maintenant ? », et j'ai commencé à voyager et à travailler.

– *N'as-tu pas appelé ta famille ?*

– Je n'ai contacté ma famille qu'au bout de deux mois, lorsque j'étais très mal, parce que je n'avais rien à manger. Bien sûr, ils m'ont dit de revenir le plus vite possible, qu'il n'y avait aucun problème, qu'ils ne me referaient pas interner. Ils m'ont envoyé de l'argent, parce que j'étais très loin, et j'ai fini par rentrer. Une autre année a passé ainsi et de nouveau ils disaient : « Paulo est fou, maintenant il veut faire du théâtre », parce que ma nouvelle passion, avec celle d'être écrivain, était de faire du théâtre. Et ils m'ont fait interner pour la troisième fois. Et de nouveau je me suis échappé. Mais cette fois, ils avaient averti le garçon d'ascenseur pour qu'il me surveille et ne me laisse pas m'enfuir. La seconde fois je me suis échappé en profitant d'une visite chez le dentiste. Le médecin qui s'occupait de moi était arrivé à la brillante conclusion que c'était une dent qui allait sortir qui me faisait perdre la maîtrise de moi, parce qu'elle me faisait mal. Selon lui, je ne comprenais pas que la douleur me venait de cette dent et cela me rendait très agressif avec tout le monde. En revenant de chez le dentiste, je me suis échappé.

Encore une fois je suis parti en voyage et encore une fois je suis rentré dans ma famille parce que je n'avais plus d'argent, et quand je suis arrivé, j'ai dit: «À présent je suis vraiment fou.» J'étais alors convaincu que je n'avais pas toute ma raison et je ne voulais plus fuir. Deux semaines ont passé, j'étais très apathique, incapable de réagir.

– *Cela n'a pas dû être facile non plus pour ta famille?*

– À vrai dire, à ce moment-là, je ne pensais pas à eux. Je ne pensais qu'à moi. Je ne l'ai compris que plus tard. Mais il est arrivé un événement paradoxal qui allait transformer ma vie radicalement. Un jour, j'étais dans ma chambre, j'avais ma table, mon lit, mes vêtements, tous les objets que j'aimais et je me suis dit: «Je ne peux pas continuer à vivre comme ça.» J'avais perdu mon travail au journal, j'avais perdu mes amis et j'avais dû abandonner le théâtre. Alors j'ai pensé que mes parents avaient peut-être raison, que j'étais fou. Et pour la première fois je me suis mis à faire le fou pour de bon: j'ai fermé la porte de ma chambre et j'ai commencé à tout détruire, mes livres que j'aimais tellement, la collection de Sherlock Holmes, celle de Henry Miller, mes disques, tous les souvenirs de mon passé. J'ai tout mis en miettes. Mes parents entendaient que je détruisais tout, que je ne m'arrêtais pas, alors ils ont appelé d'urgence le médecin de l'asile qui me suivait, mais il n'était pas là. Ils ont téléphoné à un autre médecin, dont je me souviens très bien parce que c'était un homme sans nez, un personnage très curieux, le psychiatre Fajardo. Quand il est arrivé, il a ouvert la porte de ma chambre et a constaté toute cette destruction. Je pensais qu'il allait me renvoyer droit à l'asile. Mais, à ma grande surprise, je l'ai entendu me demander très tranquillement et en souriant : « Que s'est-il passé ? – Eh bien vous ne voyez pas que j'ai tout détruit ? », lui ai-je dit. Sans perdre contenance, il m'a répliqué : « Très bien ! Maintenant que tu as tout mis en pièces, tu peux commencer une nouvelle vie. Tu as fait ni plus ni moins que ce que tu devais faire, détruire un passé négatif pour commencer une nouvelle vie positive. – Mais que me dites-vous ? », lui ai-je répondu, ne me remettant pas de mon étonnement devant un psychiatre qui me disait que j'avais très bien fait de saccager toute ma chambre et mes affaires les plus chères. Il m'a encore répété : « Tu as fait la seule chose que tu avais à faire. En finir avec le cauchemar du passé. Maintenant ta vie commence de nouveau. »

– *Et comment ont réagi tes parents ?*

– Ils ont été très compréhensifs et ont acquiescé aux propos du curieux psychiatre. Ils m'ont dit : « Maintenant, tu vas aller bien, tu vas tout recommencer, c'est fini. Nous allons enlever tout ce que tu as cassé et le mettre à la poubelle. » Cet homme m'a sauvé, parce que j'étais arrivé au bord de la folie pour de bon, et le pire était que je l'avais accepté avec résignation.

– *Es-tu resté en contact avec ce psychiatre ?*

– Ce jour-là, avant de prendre congé, il m'a dit : « Désormais c'est moi qui vais te suivre. » Je lui ai rendu visite quinze ou vingt fois et puis il m'a déclaré : « Maintenant tu dois marcher tout seul. Tu es pratiquement guéri. Tu es un peu fou, mais nous le sommes tous. » C'est à partir de ce moment qu'a explosé toute la force de ma rébellion. Je me suis dit : Si cela n'a pas d'importance que je sois un peu fou, parce que nous devons tous affronter notre part de folie, ce que je dois faire à présent, c'est vivre jusqu'au bout, faire toutes les expériences qui me plaisent, ne me priver de rien.

– *As-tu éprouvé de la haine ou de la rancune envers tes parents pour t'avoir fait interner alors que tu n'étais pas fou ?*

– Non, jamais. Ils étaient convaincus que je les haïssais, mais ce n'était pas vrai. Ils m'ont envoyé là par amour, un amour qui se méprenait, désespéré, et dominateur, mais en fin de compte parce qu'ils m'aimaient. Ils ne m'ont pas mis à l'asile parce qu'ils me détestaient, mais parce qu'ils voulaient m'aider à construire ma vie. Il s'agissait d'une attitude désespérée, folle, qui les a éprouvés plus que moi. En même temps, cela m'a servi à réaliser mon bon combat, à m'affronter moi-même.

– *Quand tu as découvert récemment les véritables motifs pour lesquels tes parents t'avaient envoyé à l'asile, comment as-tu réagi ?*

– La seule fois où j'ai ressenti de la haine et de la rage, c'est, en effet, lorsque, il y a quelques semaines, j'ai pu lire le document de l'asile sur les causes de mon internement. Cela m'a rendu furieux. C'était tellement absurde que je ne pouvais pas le croire. Mais celui qui a payé les pots cassés, c'est mon éditeur anglais, sur qui j'ai déchargé toute ma colère alors que le pauvre ne pouvait pas comprendre. Je lui disais : « Cet hôtel de merde est insupportable ! » Et je téléphonais pour me plaindre d'une émission de télévision qui ne m'avait pas plu et à laquelle on m'avait fait participer alors que j'étais à Dublin, en Irlande pour une séance de dédicace. La personne qui se trouvait à l'autre bout du fil me disait : « Mais pourquoi es-tu dans cet état ? » Nous sommes allés ensuite dans un parc qui se trouvait devant l'hôtel et j'ai retrouvé ma sérénité. C'est la seule fois où j'ai eu une réaction de colère très violente à cause de cette histoire d'asile. En réalité je ne garde pas rancune à mes parents. Je m'étais promis de ne pas parler de cette expérience douloureuse tant qu'ils vivraient et si je le fais maintenant, c'est parce que ma mère n'est plus en vie et que mon père est très vieux. Il est cependant très lucide, et il a suivi tout le lancement de mon dernier roman, *Veronika décide de mourir*. Je crois que parler de cette histoire a été un soulagement pour lui. Et il a été encore plus satisfait lorsqu'il a pu se rendre compte, à travers de nombreuses lettres que j'ai reçues, qu'il n'avait pas été le seul à agir ainsi, puisque la même chose s'était passée dans de nombreuses autres familles.

– *Tes parents ont-ils jamais tenté de se justifier à tes yeux ?*

– Non, mais ils m'ont présenté des excuses. Ils m'ont dit : « Pardonne-nous, cela a été la grande erreur de notre vie », sans jamais expliquer pourquoi ils l'avaient fait. Mais ce sont des choses qui nous ont tous marqués, puisque, comme le dit Ortega y Gasset : « Je suis moi et mes circonstances. » Nous avons tous souffert, sans aucun doute.

– *Et c'est alors qu'a commencé ton étape hippie.*

– Oui. Le mouvement hippie a été ma nouvelle famille, ma nouvelle tribu. J'ai essayé d'entrer à l'université, mais ce n'était plus mon problème. Alors je me suis lancé à fond dans le monde de la drogue et du sexe. J'en suis même venu à penser que j'étais peut-être homosexuel parce que ma mère croyait que j'avais des problèmes sexuels. J'ai pensé que pour ne plus avoir de doutes je devais essayer, et c'est ce que j'ai fait. La première fois, cela ne m'a pas plu, peut-être parce que j'étais très nerveux. Un an plus tard, j'avais toujours un doute et j'ai fait un nouvel essai. Cette fois je n'étais pas nerveux, mais je n'ai pas aimé non plus. Alors je me suis dit : la troisième fois sera décisive ; si cela ne m'attire toujours pas, c'est que je ne suis pas homosexuel. Et, en effet, cela ne m'attirait pas. J'avais alors vingt-trois ans. Comme je faisais du théâtre et que, dans ce milieu, il y avait beaucoup d'homosexuels, je pensais que je l'étais peut-être sans le savoir. Ainsi, finalement, j'ai su à quoi m'en tenir.

– *Libéré de cette obsession, tu t'es remis à travailler et à voyager. Tu étais en pleine jeunesse. Quels souvenirs en gardes-tu ?*

– J'ai commencé à donner des cours pour l'examen d'entrée à l'école de théâtre. Je faisais aussi du théâtre pour enfants. Je gagnais ainsi de quoi vivre toute l'année. C'étaient des emplois temporaires de trois mois qui me laissaient neuf mois libres pour voyager, ce qui, à l'époque, ne coûtait pas très cher. Je me souviens avoir traversé les États-Unis sans parler anglais et être allé jusqu'au Mexique avec deux cents dollars ; aux États-Unis tu achetais un abonnement pour les Greyhound qui coûtait quatre-vingt-dix-neuf dollars et qui te permettait de voyager pendant un mois et demi. Comme je n'avais pas assez d'argent pour payer un endroit pour dormir, je dormais dans l'autocar pendant huit heures et j'arrivais à une destination qui m'était totalement inconnue mais cela m'était égal. Je voyageais ainsi de nuit et j'ai connu de nombreux endroits.

Je partais toujours avec un groupe, parce qu'il y avait beaucoup de solidarité parmi les hippies. Et à partir de ce moment, j'ai été totalement absorbé dans la culture hippie.

– *Et qu'est-il advenu de ta passion pour l'écriture ?*

– À cette époque, je ne parvenais pas à écrire. Mais à mon retour au Brésil, j'ai découvert la presse alternative, *underground*, un phénomène qui avait pris naissance pendant la dictature. Ce n'était pas une presse de gauche, plutôt une presse destinée à ceux qui cherchaient une alternative qui ne s'intégrât pas dans le système établi, comme les Beatles, les Rolling Stones, Peter Fonda avec le drapeau de l'Amérique et *Easy Rider*. C'était la classique culture pop américaine.

J'avais alors une petite amie – les femmes ont toujours joué un rôle important dans ma vie – qui avait un appartement, mais nous n'avions pas d'argent. Un jour nous nous sommes mis à chercher du travail. Nous avons trouvé une entreprise qui avait une rotative et j'ai fondé une nouvelle revue dont sont sortis seulement deux numéros. Elle allait cependant être décisive pour mon travail futur. Grâce à un numéro de cette revue, j'ai rencontré un producteur de disques de la CBS, Raúl Seixas, qui avait mon âge et qui ensuite est devenu un grand chanteur.

– *Tu es d'ailleurs encore connu dans beaucoup de milieux comme l'auteur des célèbres chansons de Seixas.*

– Il s'est mis en rapport avec moi et m'a demandé pourquoi je n'écrivais pas des textes sur de la musique. Mais Raúl participait au système, il était producteur et nous avions beaucoup de préjugés contre tout ce qui venait du système. Notre philosophie n'était-elle pas d'aller à l'encontre de tout ce qui était établi et de toute sécurité ?

J'ai alors adopté une attitude totalement froide parce que je connaissais les deux côtés. Raúl était le producteur de Jerry Adriani, un chanteur de boléros, dans le style de Julio Iglesias, que je détestais. Je trouvais que ce type était atroce ! Pourtant, finalement, malgré mes préjugés, il s'est révélé une personne charmante, fantastique, merveilleuse. Il y a eu un projet extraordinaire qui s'appelait *Poète, montre ton visage,* avec tous les paroliers de la musique brésilienne. Mon producteur m'a demandé à quel chanteur je voulais proposer mes textes et je lui ai dit Adriani, car il le méritait.

– *Combien de textes as-tu composés pour Raúl Seixas ?*

– Soixante-cinq. Adriani a été très ému que je l'aie choisi pour chanter mes textes. Ce fut une manière de lui rendre hommage : il avait tellement compté pour Raúl et pour moi.

– *C'est alors que tes difficultés économiques ont pris fin.*

– Sans aucun doute. Pour la première fois de ma vie je me suis retrouvé riche du jour au lendemain. Je suis allé à la banque voir ce que j'avais sur mon compte et je me suis trouvé avec un dépôt de presque quarante mille dollars. Jusque-là, je n'avais même pas de quoi aller au cinéma ou au restaurant, et le lendemain j'avais quarante mille dollars. Quelle folie ! J'ai d'abord pensé m'offrir une voiture de course, mais finalement je me suis acheté un appartement.

Mes parents, par cette étrange association qui se fait entre l'argent et le succès, ont commencé à me cajoler. J'avais vingt-quatre ans et mon père m'a aidé pour cet appartement. Il m'a prêté trente mille dollars, que je lui ai rendus aussitôt car j'ai continué à gagner beaucoup. Au point qu'en 1978 j'avais trente ans et cinq appartements. Il arrive parfois que des personnes clés apparaissent dans ta vie, comme des signes, et la transforment, comme cela m'est arrivé avec le psychiatre Fajardo, et, plus tard, avec une autre personne quand je suis sorti de prison. Il est curieux qu'en général ce ne soient pas les institutions mais les individus qui déterminent le cours de ton existence, en mal ou en bien.

– *Tu as aussi été prisonnier pour raison politique ; tu as été séquestré et torturé, n'est-ce pas ?*

– Trois fois. Pour moi tout a lieu trois fois. Dans *L'Alchimiste*, il y a un proverbe qui dit : « Tout ce qui arrive une fois peut ne plus jamais arriver, mais ce qui arrive deux fois arrivera certainement une troisième fois. » Très souvent je vois les choses ainsi, ce sont les symboles, les signes que j'ai vécus dans ma vie. En réalité, j'ai été prisonnier six fois, trois à l'asile d'aliénés, et trois en prison.

– *Des deux expériences, laquelle a été la pire ?*

– La prison. Ce fut la pire expérience de ma vie, parce que en plus de ce que j'y ai enduré, à la sortie, j'ai été considéré comme un lépreux. Tout le monde disait : « Ne l'approche pas, il a été détenu, il y a certainement une raison. »

La prison est l'expérience de la haine, de la cruauté, du pouvoir fatal et de l'impuissance totale. La première fois qu'ils m'ont arrêté, je dînais avec une bande de jeunes dans le Paraná et une banque venait d'être attaquée. Comme j'avais les cheveux longs et pas de papiers, j'ai été interpellé immédiatement et ils m'ont emprisonné. Ils m'ont gardé une semaine et cette fois-là ils ne m'ont rien fait.

– *Et les autres fois ?*

– Ce fut plus grave et plus inattendu parce que je travaillais alors avec Raúl. J'étais très connu grâce aux textes de mes chansons et je gagnais beaucoup d'argent. En outre, j'étais déjà très introduit dans le monde de la magie, et je me sentais quasi tout-puissant. Pourtant, de nouveau, j'ai été envoyé en prison.

– *Pourquoi t'ont-ils détenu ?*

– Je m'en souviens comme si c'était hier. Nous commencions Raúl et moi à croire à l'idée d'une société alternative, et nous cultivions une certaine utopie. Lors d'un concert à Brasilia, j'ai prononcé quelques mots sur nos idées concernant la société et nos aspirations pour la changer. Tout cela me paraissait très innocent. Nous étions seulement des jeunes gens idéalistes. Mais le lendemain Raúl a reçu un papier lui enjoignant de se présenter devant la police politique. Il y est allé, je l'ai accompagné, et je me suis assis dans la salle d'attente. À un certain moment, Raúl est sorti. Il est allé téléphoner et m'a dit : « Le problème est avec toi, pas avec moi. » Quand j'ai voulu bouger, les policiers m'ont dit : « Où tu vas ? – Prendre un café », leur ai-je répondu. « Non, non, demande à ton ami. » Et je ne suis plus sorti. Sur le moment je n'ai pas trouvé cela très grave, j'avais même une conception romantique de l'emprisonnement, je pensais que la prison pour motifs politiques faisait partie de l'aventure que nous avions entreprise.

– *Tes parents t'ont-ils aidé ?*

– Oui. Ils ont réussi à me trouver un avocat, lequel m'a dit de me tranquilliser, qu'ils n'allaient pas me toucher, que ces horreurs que l'on entendait sur les tortures de la dictature ne m'arriveraient pas. Nous étions à la fin de la pire phase du régime militaire et le général Geisel était décidé à amorcer une ouverture politique. Mais il y avait la ligne dure, l'extrême droite, qui avait monté toute une machinerie de guerre avec laquelle elle était venue à bout de la guérilla et dont elle devait maintenant justifier l'existence. Ils savaient que j'appartenais à la société alternative, que je n'avais rien à voir avec la guérilla, mais ils avaient peu de prisonniers politiques parce qu'ils les avaient tués presque tous et ils devaient découvrir de nouveaux ennemis pour se justifier.

Après l'arrivée de mon avocat, ils m'ont laissé sortir et j'ai signé un document dans lequel je reconnaissais que le gouvernement n'était responsable de rien, et des sottises de ce genre.

– *Le pire est cependant venu après.*

– Oui, à peine étais-je sorti qu'un groupe paramilitaire nous a séquestrés, ma femme et moi. Nous étions dans un taxi. Je leur ai montré le papier que j'avais signé à la prison et ils m'ont dit : « C'est donc vrai que tu es un guérillero, puisque tu n'es pas retourné chez toi. » Et ils ont ajouté que j'étais dans la clandestinité avec mes compagnons de guérilla. J'étais un disparu, j'ai passé les pires jours de ma vie. Et cette fois mes parents n'ont pas pu m'aider, car ils ne savaient pas où j'étais.

– *Où vous avaient-ils emmenés ?*

– Je ne sais pas. J'en ai parlé après ma sortie avec certaines personnes, et nous avons pensé – nul ne sait, puisque la première chose qu'ils font quand ils te séquestrent c'est te mettre une cagoule sur la tête pour que tu ne voies rien – que c'était dans la rue Barão de Mezquita, où se trouvait une caserne militaire tristement célèbre comme lieu de torture, mais ce n'est qu'une supposition. Ils me laissaient toujours la cagoule, sauf quand j'étais seul, qu'il n'y avait personne avec moi. Ma famille ignorait où j'étais. Et comme je n'étais pas en prison, l'État dégageait sa responsabilité. Ma grande crainte était d'être transféré à São Paulo, où la répression était la plus dure. J'ai parlé souvent de ces moments avec frère Betto, parce qu'ils ont été pour moi une horreur, et il m'a dit que « l'horreur, ce sont toujours les premiers jours ». Ce fut le cas pour moi.

– *Vous ont-ils séquestrés très longtemps, ta femme et toi ?*

– Je suis resté une semaine, mais les jours te paraissent des années, parce que tu es totalement perdu, impuissant, tu ne sais pas où tu es, tu n'as personne à qui parler. La seule personne dont j'ai vu le visage a été le photographe, parce qu'il a dû me retirer la cagoule pour prendre la photo. Et en plus la torture...

(Paulo Coelho n'a pas voulu entrer dans les détails de cette semaine de torture : verbaliser l'événement supposait revivre un des moments les plus durs et les plus humiliants de sa vie. On le torturait toujours encagoulé, mais des années plus tard, il a eu cependant la nette sensation qu'il reconnaissait l'un de ses tortionnaires, et que ce dernier aussi avait reconnu sa victime.)

– *Qu'attendaient-ils en te torturant ?*

– Que je leur parle de la guérilla à Bahia. Je n'en avais aucune idée, je ne savais rien. La technique était la suivante : si ce type est coupable, il doit parler très vite, sinon après il s'habitue aux tortures. Dans un premier temps, entre la séquestration et la torture, tu ne réagis pas.

Je me souviens qu'ils nous ont tirés du taxi, ma femme et moi. J'ai d'abord vu l'hôtel Gloria et les armes, tout très vite. « Sors ! » ont-ils dit à ma femme, et ils l'ont fait sortir en l'attrapant par les cheveux. J'ai regardé l'hôtel et j'ai pensé : « Je vais mourir sur-le-champ. Quelle stupidité, mourir en regardant un hôtel ! » Ce sont des bêtises de ce genre auxquelles on pense dans les moments les plus tragiques. Ils ont mis ma femme dans une voiture, moi dans une autre ; pour elle ce fut bien pire parce qu'ils lui disaient qu'ils allaient la tuer, à moi non. Ils m'ont attrapé, ils m'ont mis la cagoule et ils ont dit qu'ils n'allaient pas me tuer, que je n'avais pas à m'inquiéter. Mais comment ne pas m'inquiéter, je savais qu'ils allaient me mettre dans un camp de concentration et me torturer des pieds à la tête !

Pourtant je ne pouvais, ni ne voulais, rien leur dire, parce que je ne savais rien du tout de la guérilla.

(À ce moment de la conversation, Coelho a voulu raconter un détail très intime qui aujourd'hui encore le tourmente. Une des fois où ils l'ont emmené, encagoulé, aux toilettes, dans celles d'à côté se trouvait sa femme. Elle a reconnu sa voix et lui a demandé : « Si tu es Paulo, parle-moi, je t'en prie. » Il a eu un moment de panique et il a parfaitement reconnu sa femme, mais il n'a pas osé lui répondre. Il a su ainsi qu'elle aussi se trouvait dans cette prison et que certainement ils la torturaient comme lui. Mais il n'a pas eu le courage de lui dire un seul mot et il est retourné à sa cellule. Coelho, les yeux humides, m'a fait ce commentaire : « Je n'ai jamais été aussi lâche de ma vie, et je m'en repentirai tant que je vivrai. » Quand ils sont sortis tous les deux du centre de torture, cette femme lui a demandé une seule faveur : que plus jamais il ne prononce son nom. Et Coelho a respecté sa demande. Chaque fois qu'il parle d'elle, il dit « ma femme sans nom ».)

3

La vie privée

«Je n'ai jamais été terrorisé par la mort parce que je l'ai vue de près plusieurs fois.»

«La dernière chose que je voudrais, en devenant un personnage, c'est perdre mes amis.»

De nombreux lecteurs de Coelho s'interrogent sans doute sur sa vie privée et se demandent comment se comporte un des écrivains les plus lus au monde une fois la porte fermée. Quelles sont ses peurs, ses petites satisfactions, ses angoisses ? Ceux qui ont la chance de le connaître vraiment peuvent constater qu'en réalité malgré sa célébrité, les milliers de dollars que lui rapporte son travail, le harcèlement dont il fait l'objet de tous les coins du monde, Paulo Coelho est une personne parfaitement accessible, disponible, généreuse, simple, presque un enfant parfois. C'est quelqu'un qui ne cache pas les zones sombres de son passé et vit avec enthousiasme les réactions positives que font naître ses livres, surtout chez les jeunes. Quant aux réactions négatives, il les oublie en général tout de suite et il lui arrive même de les justifier. L'envie est à ses yeux le plus grave de tous les péchés et le plus stupide. Un saint, Coelho ? Non, un homme qui a de grandes passions, de grands défauts, parfois un grand génie, un peu de vanité. Capable d'être très dur s'il le veut, il peut en même temps se donner totalement et il a la volonté sincère d'aider les autres à découvrir leur destin personnel. C'est cela qui l'a sauvé d'un passé difficile, parfois tragique, qui l'a mené plus d'une fois au bord de la folie et de la mort.

– *Parlons de ta vie privée. La protèges-tu ?*

– Non, je ne la protège pas, mais nous devons définir ce qu'est exactement ma vie privée.

Lorsque je me trouve au Brésil, je suis fondamentalement un être très solitaire, non pas parce que je défends ma vie privée, ni parce que j'ai quoi que ce soit à cacher. Et si cela m'arrive, comme à tout le monde, je le fais de la manière la plus ouverte possible, qui est le meilleur moyen de cacher quelque chose. Je le fais tellement au grand jour que les gens ne le croient pas et disent : « Ce n'est pas possible. » Mais c'est ainsi.

– *Te considères-tu comme un homme sociable ?*

– Non. Je suis même très antisocial, mais là aussi il faut nuancer. J'adore mon travail, je le fais avec enthousiasme. Si je dois voyager, je voyage ; si je dois donner des conférences – le plus difficile pour moi –, je donne des conférences. Quant aux interviews, elles me sont moins pénibles, parce que cela ressemble à une simple conversation.

– *Et les voyages ? Tu passes plus de la moitié de l'année à trotter de par le monde.*

– C'est vrai que je passe plus de temps hors du Brésil qu'ici, puisque, de nos jours, les éditeurs veulent que l'auteur fasse la promotion de ses livres. À vrai dire, les voyages, les hôtels, les aéroports, j'accepte tout cela sinon avec plaisir, en tout cas de façon stoïque, au sens où cela ne me dérange pas. Cela me permet de rencontrer beaucoup de mes lecteurs, de leur « prendre le pouls », de partager avec eux mes espoirs et mes idées. Dans ces rencontres, il y a des moments très émouvants. J'aime cela, ça m'enrichit. En outre tu finis par rencontrer des gens très intéressants et qui comptent dans ta vie. Toi et moi, par exemple, nous nous sommes connus grâce à l'un de mes voyages à Madrid, pour la présentation de *La Cinquième Montagne.*

– *Cela ne te dérange pas de voyager, malgré ta peur des avions ?*

– Autrefois j'avais peur, mais plus maintenant. Cela m'a passé à Avila, la ville de sainte Thérèse de Jésus, la grande mystique espagnole. J'y ai vécu une expérience religieuse intense et mes petites peurs, entre autres celle de l'avion, ont disparu pour toujours. À ce propos je n'oublierai jamais un voyage que j'ai fait à l'époque où j'avais encore peur. Je me suis trouvé à côté d'une dame qui ne cessait pas de boire. À un moment, en me regardant, elle m'a dit : « Ne croyez pas que je sois alcoolique, mais je suis morte de peur. » Et elle s'est mise à me raconter tout ce qui pourrait nous arriver si l'avion avait une panne, s'il tombait. Et tout cela avec force détails, comme si elle était en train de le vivre. Ce thème de la peur se trouve d'ailleurs dans *La Cinquième Montagne.*

– *Alors tu es un homme qui n'a plus peur ?*

– Il me reste encore beaucoup de petites peurs, par exemple, celle de parler en public.

– *Et la peur de la mort ?*

– Je n'ai pas peur de la mort, parce que je me suis déjà trouvé face à face avec elle très souvent dans ma vie. Quand je m'adonnais à la drogue et à la magie noire, comme je te le raconterai, j'étais convaincu que j'allais mourir.

Ce qui est certain, en y réfléchissant maintenant, c'est que je ne crois pas que la peur de la mort ou de la façon de mourir ait été une constante dans ma vie. Par exemple, la peur que j'avais de l'avion n'était pas tant celle de mourir que celle de toujours bouger, d'être un peu perdu.

– *Quand as-tu cessé d'avoir peur de la mort ?*

– Quand j'ai fait le chemin de Saint-Jacques. J'ai connu là une expérience très intéressante et très importante au cours de laquelle j'ai vécu ma propre mort. Depuis, je n'ai plus jamais eu peur de mourir. Et maintenant je vois la mort comme quelque chose qui m'inspire, au contraire, une grande envie de vivre. Castaneda a très bien parlé de la mort ; il n'en avait pas peur non plus.

– *Mais il t'arrivera un jour de mourir, comme tout le monde. Comment imagines-tu ta mort aujourd'hui ?*

– Dans *Le Pèlerin de Compostelle*, je décris la mort comme une espèce d'ange, une figure tranquille que je sens toujours à mes côtés depuis que j'ai réalisé le chemin de Saint-Jacques. Bien sûr, j'ai pleinement conscience que je dois mourir. C'est pourquoi je n'investis pas dans l'accumulation de richesses, j'investis dans la vie même. Je crois que c'est ce qui manque à notre civilisation. Ce n'est que lorsque nous avons pleinement conscience que nous allons mourir que nous nous sentons vivants à cent pour cent.

– *Tu n'as pas peur de la mort, mais de l'échec ?*

– Il m'est désormais difficile de concevoir l'échec. Quoi qu'il arrive dans l'avenir, je ne pourrai me considérer comme quelqu'un qui a échoué, parce que j'ai obtenu de la vie beaucoup plus que je n'espérais et ne pouvais rêver. Alors, échec non, mais je pourrais peut-être connaître la défaite. Dans ce cas, je lécherais mes blessures et je recommencerais.

– *Ce dont tu as peur, je le sais, c'est que l'on publie après ta mort des choses que tu n'as pas souhaité publier de ton vivant.*

– Oui, et là-dessus j'ai été très catégorique dans mon testament, par lequel je laisse tous mes biens à la fondation dont je t'ai parlé. J'ai ajouté un codicille précisant que je ne voulais, en aucun cas, que l'on publie quoi que ce soit dont je n'aurais pas autorisé la publication de mon vivant. De toute manière, ce serait difficile, parce que chaque fois que j'écris un texte et qu'ensuite je décide de ne pas le publier je le détruis, pour éviter ce danger qui a guetté tellement d'écrivains, et qui ne me plaît pas du tout. Il ne me paraît pas décent que les textes qu'un écrivain n'a pas voulu publier de son vivant sortent au grand jour lorsqu'il est mort. Sauf s'il a lui-même précisé que certaines choses ne devaient être publiées qu'après sa disparition.

– *Crois-tu à la réincarnation ?*

– Ce qui me tranquillise vraiment, c'est d'être en vie, et non l'idée d'une possible réincarnation. Je n'oublie pas la mort, c'est comme si elle était installée devant moi pour me rappeler à chaque instant : « Sois attentif, fais bien ce que tu fais, ne laisse pas pour demain ce que tu peux faire aujourd'hui, ne nourris pas de sentiment de culpabilité, n'aie pas de haine envers toi-même. » Oui, la mort est la chose la plus naturelle qui puisse nous arriver.

– *Et devant les peurs, comment te comportais-tu ?*

– Pour être sincère, j'ai toujours eu peur de beaucoup de choses, mais je me suis toujours montré courageux devant les dangers ; c'est l'une de mes qualités. La peur ne m'a jamais paralysé dans ma vie.

– *Tu la surmontes ou tu la subis ?*

– Je ne surmonte jamais la peur, mais je lui fais face. La surmonter, c'est la vaincre, je ne la vaincs pas, je vis avec elle sans me laisser paralyser. Je vais de l'avant. Le courage est la peur qui récite ses prières.

– *Pour revenir à ta vie privée, qu'est-ce qui t'incommode le plus dans tes relations sociales ?*

– Les cocktails auxquels je dois souvent assister. Lorsque c'est avec les libraires, je me sens bien, mais si c'est pour me présenter à des gens importants, je le supporte extrêmement mal. Souvent, pourtant, je ne peux refuser, surtout quand cela m'est demandé par des personnes qui m'ont beaucoup aidé. La fonction de « personnage » ne me convient pas. Je dois aller dans ces endroits – quelquefois il peut même m'arriver de m'amuser –, mais je t'assure que, si je le peux, je les évite. Je préfère rester à l'hôtel tranquille, à lire ou à faire autre chose.

– *Et quand tu es ici, au Brésil, chez toi ?*

– En voyage je suis en constante expansion, en constante dissolution, et c'est comme si toute mon énergie me revenait quand je rentre chez moi. Maintenant que vient de sortir mon dernier livre, sur Veronika, je vais devoir de nouveau voyager, mais sinon, je reste chez moi toute la journée et je suis très bien. Aujourd'hui, par exemple, j'étais invité à un mariage, j'ai envoyé quelques cadeaux. Mais les gens savent bien que je ne sors pas. Je suis ravi de rester ici, j'adore mon ordinateur, mes promenades sur la plage.

– *Tu sais être seul ?*

– Je sais être seul. Il est vrai aussi que je ne le suis jamais complètement, parce qu'il y a toujours Cristina, ma femme, mais elle reste dans son atelier, qui est ici, en face, et moi devant mon ordinateur. Nous passons des heures sans nous parler, pourtant chacun sent la présence de l'autre. Ce que j'adore, c'est aller me promener sur la plage de Copacabana, qui est là devant. Après m'être levé tard, car je travaille la nuit, cette promenade est pour moi un rituel que je ne peux pas abandonner. J'aime me promener, rencontrer les gens et faire les choses de la manière la plus simple possible.

– *Il ne doit cependant pas être facile pour toi de faire les choses avec simplicité, maintenant que tu es devenu pour beaucoup de gens un personnage inabordable.*

– Oui, le seul problème que m'ait causé le succès est un phénomène très curieux. Les gens commencent par me dire la chose suivante : « Je sais que tu es très occupé… que tu n'as plus de temps pour rien ni pour personne », je crois que dans mon cas ce n'est pas vrai et que ce n'est pas vrai non plus pour quatre-vingt-dix pour cent des personnes qui deviennent célèbres. Tu vois, je me suis réveillé aujourd'hui à midi parce que je voulais voir le match en France, ensuite j'ai eu une longue interview, j'ai dormi un peu… mais je n'ai rien de particulier à faire. Je vais sans doute avancer les articles pour le journal, parce que je sais qu'approche une période où j'aurai beaucoup de travail. Mais depuis que je suis rentré au Brésil, le 10 juillet, je n'ai encore rien fait.

– *C'est quelque chose qui arrive presque inévitablement à tous les gens célèbres. On croit que ce sont des êtres hors de la réalité, qu'ils n'ont pas même le temps de respirer.*

– Cela finit par créer une sorte de barrière entre toi et tes vieux amis. Même les plus intimes pensent que quelque chose a changé en toi, que tu n'es plus celui qu'ils ont connu. Et bientôt ils te traitent eux aussi d'une manière différente. Alors qu'en réalité, pour ce qui me concerne, rien n'a changé. Certains de mes amis en arrivent à dire : « J'aimais ce Paulo quand il n'était pas connu. » Mais comment peuvent-ils dire cela, puisque je suis le même ? Au contraire, maintenant, j'apprécie davantage mes vieux amis, car je sais que leur amitié n'est pas due à ma célébrité actuelle, mais qu'elle existait déjà avant, quand je n'étais personne.

– *Quand quelqu'un devient un personnage médiatique, il est difficile qu'il ne soit pas vu comme tel, y compris par ses amis d'hier.*

– Sans doute, mais je continue d'exister, et la base de ma stabilité extérieure, ce sont mes amitiés. Si je perds ce contact avec les amis, je perds tout, je me déséquilibre. Cela m'est déjà arrivé autrefois, j'ai commis cette erreur quand je composais des textes de chansons. À l'époque, je me prenais pour le roi du monde, je commençais à être célèbre, à gagner de l'argent, je travaillais avec une multinationale du disque et la première chose que j'ai faite a été de changer d'amitiés. Je me disais : « À présent, je suis très important, je n'ai plus rien à voir avec ces hippies qui vivent avec d'autres idées. » Et que s'est-il passé ? Eh bien, le jour où j'ai perdu mon travail, je suis resté complètement seul. Les personnes que je prenais pour mes nouveaux amis ont cessé d'appeler et les autres, je les avais perdus aussi. C'est alors que je me suis dit : « Si j'ai une seconde opportunité, je garderai mes amis, quel qu'en soit le prix. »

– *Y es-tu parvenu ?*

– Pas totalement, mais cela ne vient pas de moi cette fois, car ma volonté sincère est de ne pas perdre mes amis à cause de la célébrité. Ce n'est cependant pas facile, parce que ce sont eux qui se comportent de manière plus formelle avec moi. Au début, quand sortait dans le journal un article à mon sujet, ils m'appelaient tous pour me dire qu'ils l'avaient lu ou qu'ils m'avaient vu à la télévision. Aujourd'hui, je parle avec le pape, et il n'y a pas un appel pour me dire : « Je t'ai vu avec le pape... » Je ne crois pas qu'ils agissent par jalousie, c'est plutôt parce qu'ils croient que je suis inabordable, qu'une personne que même le pape reçoit ne peut pas garder ses vieilles amitiés. Ils se trompent.

– *Peut-être croient-ils que tu es désormais tellement célèbre qu'il est normal que le pape te reçoive.*

– Il se peut qu'ils le pensent, mais moi non. Je m'efforce de conserver un regard enfantin, c'est ce qui me permet d'avancer. Si je perds cela, je perds l'enthousiasme. C'est pour cette raison que j'aime rencontrer les lecteurs simples que je croise lors de mes incursions dans l'intérieur du Brésil. C'est un pays fantastique, le Brésil. Et ses habitants, surtout ceux de l'intérieur, sont des gens très dignes, ouverts, qui ne se laissent pas intimider facilement. Ils sont sincères et sans rhétorique ; tandis que j'observe que le succès, très souvent, intimide un peu les personnes qui te sont proches. Finalement je reste seul avec une poignée d'amis qui ne se laissent pas non plus intimider, qui peut-être ont les mêmes problèmes que moi. Eux me comprennent et ne s'éloignent pas de moi.

– *Pour les autres, tu n'es déjà plus une seule personne, mais deux, toi et ton personnage. Il se peut que d'un côté tu sois le personnage inaccessible et, de l'autre, celui que tu étais avant, mais ils pensent que celui-ci n'existe plus, que tu es devenu un personnage et rien d'autre.*

– Cependant cela n'est jamais venu de moi, comme ce fut le cas en 1979-1980, où j'en fus responsable. Aujourd'hui, je suis abordable, accessible, et s'il m'arrive d'être inabordable, c'est pour les choses qui ne m'intéressent pas, mais pas pour la vie. D'ailleurs, en même temps que je perds de vieux amis, j'en découvre de nouveaux. Ce ne sont peut-être pas ceux qui un jour traverseront la montagne avec moi, mais ce sont de bons amis sur lesquels je peux compter.

– *Comment te défends-tu des inévitables jalousies*

que doivent susciter tes succès, surtout chez les autres écrivains ?

– Devant la jalousie, je me défends par des procédés magiques. Je crée une barrière protectrice, je ne lutte pas contre elle. À mon sens, l'envie est le plus destructeur des péchés capitaux, parce que l'envieux ne dit pas : « Je veux obtenir ça », mais : « Je ne veux pas qu'untel ait ça. » C'est très mesquin, l'envieux nivelle le monde par le bas. Je sais que je peux me détruire moi-même, que Dieu peut me détruire, mais l'envie, non. Elle détruit seulement celui qui l'accueille dans son sein comme un serpent venimeux.

4

Politique et éthique

« Pour moi, la politique, c'est briser le mur de conventions culturelles qui nous entoure. »

« Il faut faire comprendre qu'un écrivain n'est pas plus important qu'un vendeur de noix de coco. »

Pendant toute sa jeunesse agitée, Paulo Coelho a milité dans les mouvements les plus progressistes, au point que même les Beatles lui paraissaient conservateurs. Il a rêvé d'une société alternative et exploré les croyances marxistes. Il s'est toujours manifesté dans son engagement politique et éthique comme un radical affrontant le système. Il l'a payé cher : par l'asile, la prison et la torture.

Aujourd'hui qu'il est un homme stabilisé, de renommée mondiale, que s'arrachent les grands de ce monde et que ses lecteurs adorent, où se situe-t-il sur le plan politique et éthique ? Il se considère toujours comme un animal politique tout en souhaitant se tenir loin de toute tentation partisane. Au fond, il reste, comme du temps de sa jeunesse, un romantique qui veut croire qu'une forte conviction spirituelle et l'amour du mystère, de la tolérance et de cette part de magie positive qui se cache dans la vie de chacun, pourraient nous offrir un monde moins malheureux, moins cruel et plein de rêves qui ne seraient pas impossibles. Pour cela, il croit qu'au milieu de ce monde féroce en butte à la violence et aux désirs de pouvoir insatiables, il faut tenir compte de l'enfant fragile qui dort en nous et qui parle d'innocences perdues, auxquelles nous ne devrions pas renoncer si nous voulons comprendre un peu qui nous sommes et pourquoi nous vivons.

– Tu vis ici au Brésil, même si tu passes la moitié de l'année à parcourir le monde. Ce pays en développement, riche de potentialités, abrite encore quarante millions de pauvres qui vivent en marge du système, totalement abandonnés à leur destin. À côté d'eux, nous sommes tous riches. Tu as traversé bien des difficultés matérielles avant de connaître la célébrité. Maintenant tu es un homme riche, tu gagnes des millions de dollars et tu vis dans cette maison magnifique à Rio de Janeiro, devant cette plage de rêve… Je suis certain que beaucoup de tes lecteurs aimeraient savoir comment tu te situes sur le plan politique et éthique devant les défis du tiers-monde.

– Il est évident que ma vision du monde et de la politique s'est modifiée avec le temps. J'ai vécu les expériences les plus radicales et j'ai vu les aspects positifs et négatifs de chacune d'elles. D'une certaine manière, nous sommes tous orphelins de nos rêves d'une société plus juste pour laquelle nous avons lutté et payé de notre personne.

Aujourd'hui je suis convaincu que ce ne sont pas les grandes idéologies qui vont changer le monde. Beaucoup d'entre elles ont échoué et de nouvelles encore plus dangereuses peuvent voir le jour, comme le montrent les nouveaux fondamentalismes. Je me sens toujours un animal politique, mais la politique qui se dégage de mes livres, c'est l'idée de briser le mur des conventions culturelles qui se terminent en fanatisme. Comme l'affirme le philosophe espagnol Fernando Savater, je crois que le plus important, c'est un engagement éthique fort de la part de chacun, sans lequel la société future sera de plus en plus cruelle et de moins en moins fraternelle.

– *Et suivant cette ligne, quel est ton engagement personnel ?*

– Je suis persuadé que chaque personne doit apporter sa contribution au service de la société. C'est pourquoi je crois profondément à cette nouvelle vague de solidarité qui se développe dans le monde entier, surtout chez les jeunes.

Pour ne pas rester dans le monde éthéré des bonnes intentions, j'ai voulu faire un geste concret, dans la mesure de mes possibilités, dans le domaine de la solidarité, et j'ai créé une fondation qui porte mon nom et qui me survivra.

– *En quoi consiste-t-elle exactement ?*

– En premier lieu, je dois préciser que c'est ma femme Cristina qui s'en occupe. Elle veille à ce que la finalité que nous lui avons assignée soit respectée rigoureusement. Dès le début j'ai voulu que ce soit une affaire sérieuse et transparente. J'ai cinq objectifs : l'aide aux enfants brésiliens abandonnés, et aux personnes âgées seules et sans ressources ; la traduction dans d'autres langues d'auteurs classiques brésiliens, pour faire connaître la culture de mon pays qui est très riche. Je m'intéresse surtout aux classiques et aux auteurs décédés, pour éviter les problèmes de jalousies et de vanités inutiles. Le quatrième objectif est l'étude de la préhistoire du Brésil, l'histoire non écrite de ce pays, que j'aime tant. Nous réfléchissons à la façon de faire connaître petit à petit les résultats de nos recherches. J'ai déjà pris des contacts avec notre ministère de la Culture. J'ai pensé à leur donner une diffusion sur Internet. Le cinquième objectif, enfin, est le seul qui disparaîtra avec ma mort, car il est très personnel : je me suis proposé d'aider quelques personnes à réussir le rêve ou le caprice de leur vie. Évidemment, on me sollicite énormément, mais moi seul décide qui je vais aider. Cela peut aller d'offrir une guitare, ou une collection de livres à un amoureux de la lecture, jusqu'à prendre en charge les dépenses permettant à quelqu'un de faire le chemin de Saint-Jacques, une expérience qui a transformé ma vie.

Chaque jour, dans le paquet de courrier que je reçois, une bonne partie des lettres sont des demandes. Mais je ne te cache pas que mon accord ou mon refus dépend très souvent de mon humeur du moment. Alors je me laisse porter par mon instinct. Le reste, la direction de la fondation s'en charge.

– *Quelle somme consacres-tu à la fondation? J'ai lu à ce sujet des choses différentes et contradictoires.*

– Je lui consacre chaque année trois cent mille dollars sur mes droits d'auteur. En réalité, l'année dernière, à cause d'une erreur de ma part au cours d'une interview, ils sont devenus quatre cent mille. Comme je l'avais dit et pour ne pas passer pour un menteur, nous avons consacré cent mille dollars de plus à l'achat d'une nouvelle maison pour nos activités avec les enfants abandonnés des favelas, car celle que nous avions était devenue trop petite. Ainsi, mon erreur, j'en ai bien peur, va me coûter à l'avenir cent mille dollars de plus chaque année.

– *Qu'est-ce qui t'a poussé à faire de la publicité pour la fondation? Au début, personne n'en savait rien, tu travaillais en silence.*

– C'est vrai, mais un jour une petite note est parue dans un journal et, à ma surprise, j'ai pu atteindre grâce à cela l'impressionnant réseau silencieux de solidarité qui existe dans la société. Des milliers de personnes nous ont offert leur aide. Ce genre de chose te réconcilie avec l'être humain, parce que tu te dis alors qu'il n'est pas aussi mauvais que nous l'imaginons.

J'ai découvert, en outre, que ce réseau de solidarité silencieuse était très divers; il réunit non seulement des jeunes idéalistes ou des adultes qui veulent faire quelque chose pour autrui, même s'ils n'ont pas de ressources, mais aussi des chefs d'entreprise importants, des patrons d'industrie qui ont beaucoup d'argent. Là où il n'y a pas de différence, c'est dans l'enthousiasme qu'ils mettent à faire vraiment un geste concret pour les plus nécessiteux. Et ils le font sans bruit, sur la pointe des pieds, comme le dit l'Évangile, sans que la main droite sache ce que fait la gauche.

– *Et comment te situes-tu dans le domaine plus strictement politique ?*

– Comme je te l'ai déjà dit, je me considère comme un homme politique, mais pas un homme de parti. Je considère mes livres comme une forme de politique, parce que non seulement j'aide les gens à prendre conscience de beaucoup de choses en leur parlant de ma légende personnelle, du réveil de la part féminine, de la nécessité de déchirer le Manuel de Bonne Conduite et de payer le prix de leurs rêves, mais en plus je les alerte contre les fanatismes de toute sorte, contre ceux qui essaient de se mettre à la place de leur conscience, contre la fausse culture du savoir et contre l'hypocrisie d'une certaine politique qui, plus que les servir, se sert des citoyens pour ses caprices personnels.

– *As tu jamais eu, étant donné la célébrité qui t'entoure, la tentation de faire de la politique dans un parti ?*

– Me présenter aux élections, non, ça ne m'intéresse pas. La politique traditionnelle a déjà ses leaders et ses représentants populaires. Ce qui m'intéresse, c'est un autre genre de politique, comme ce que je fais. La tentative de détruire le mur qui sépare les gens du pouvoir, la fusion entre l'imaginaire et le réel, ne serait-ce pas de la politique par hasard ?

– Tu affirmes souvent que la politique, c'est aussi faire les choses avec enthousiasme et les faire bien.

– Oui. C'est pour moi une façon de faire de la politique que de répéter de toutes les manières possibles qu'il faut vivre la vie avec enthousiasme, que chacun est responsable de son propre destin et qu'on ne doit le déléguer à personne, que dans le monde, un écrivain, aussi célèbre soit-il, n'est pas plus important qu'un vendeur de noix de coco ou un policier qui dans la rue veille sur ta sécurité, même si quelquefois il peut se sentir, à tort, plus important que les autres.

Pour moi, la politique, c'est contribuer à transformer ce que j'appelle l'« Académie », c'est-à-dire le savoir conventionnel, fossilisé, bureaucratique, qui croit posséder la seule sagesse, le pouvoir des privilégiés. Il faut de nouveau lâcher la bride à la créativité, donner la parole à l'homme ordinaire ; considérer qu'il ne doit pas y avoir des privilégiés du savoir qui se prévalent de leurs titres et de leurs mérites pour imposer leur culture aux autres.

En ce sens, je crois beaucoup à l'aide d'Internet, un instrument qui, malgré tous les dangers qu'il comporte, peut contribuer à ce que tout le monde ait la possibilité de faire entendre sa voix, aussi discordante soit-elle. Si les puissants ne gâchent pas Internet en se l'appropriant, je pense que cela peut devenir un formidable forum de débat universel, d'où personne ne se sentira exclu. Cela peut créer une saine anarchie, que ne pourront pas contrôler ceux qui détiennent le pouvoir mondial. Mais surtout c'est une nouvelle utopie à laquelle je veux croire.

– Mais si on te demande comment tu te situes aujourd'hui devant les nouveaux mouvements de libération du tiers-monde, comme celui des Indiens du

Chiapas au Mexique ou celui des sans-terre[1] *au Brésil, que réponds-tu ?*

– Je prends toujours position. Je ne refuse jamais de donner mon opinion, je suis pour ou contre, mais je ne me tais jamais ; je me mouille toujours.

– *Que penses-tu alors de ces mouvements ?*

– Cela dépend. Du Chiapas, je vois plutôt le côté romantique, parce que je ne le connais pas à fond. Quant au mouvement des sans-terre, que je suis de plus près, j'admets ne pas être toujours en accord avec eux, parce qu'il me semble qu'ils n'agissent pas toujours de manière cohérente.

(Le lendemain, Coelho a voulu revenir sur le sujet. Il craignait que sa position n'ait pas été très claire, et cela le préoccupait vis-à-vis de ses lecteurs.)

– *Tu disais que tu ne refusais jamais de donner ton opinion sur les thèmes conflictuels en politique, que tu n'avais pas peur de prendre tes responsabilités.*

– C'est vrai, mais le problème n'est pas là. Depuis que je suis devenu un homme célèbre, tout le monde sollicite mon opinion, même sur les choses les plus insignifiantes, de la mort de Diana au football. Sur le foot, cela va encore parce que je l'aime beaucoup et que je le connais un peu, mais sur certains sujets, dont je n'ai pas la moindre idée, on m'oblige aussi à donner mon avis. Il m'arrive un peu la même chose avec la politique. Je ne me considère pas comme un homme étranger à la politique, étant donné que celle-ci gère nos vies. Tu ne peux pas être neutre politiquement, sinon, tu laisses les autres décider de ta vie et de tes intérêts. Il faut participer activement.

1. Mouvement de paysans qui luttent contre les latifundia et pour obtenir des terres et des titres de propriété.

Mais je ne suis pas un politicien de profession, ni un spécialiste de philosophie politique.

– *Mais, par exemple, sur le mouvement des sans-terre, il n'est pas très difficile d'avoir une opinion. Nous possédons beaucoup d'informations, il s'agit plutôt de savoir de quel côté incline notre cœur.*

– Ce n'est pas seulement une question de cœur. Il faut savoir réfléchir sur le phénomène. À mon avis, ce mouvement a très bien commencé, par des actions très concrètes. Il existe d'immenses latifundia, il est donc logique que les sans-terre cherchent à occuper ces terrains et à créer une situation sociale nouvelle.

Pourtant, peut-être par manque d'expérience dans le mouvement, il se produit des choses qui me plaisent moins, par exemple, des occupations qui ne se justifient pas. À la fin de l'année dernière, j'ai rencontré personnellement le leader du mouvement, Stedile, au cours d'un dîner chez le représentant de l'Unesco, à Brasilia. Nous avons eu la possibilité de discuter et d'échanger nos opinions. Il m'a donné l'impression de quelqu'un qui a la tête sur les épaules, mais il ne me semble pas qu'il utilise son gigantesque pouvoir d'une façon politique tout à fait adéquate. Et je me réfère à la politique conventionnelle. Ma crainte est qu'il puisse être manipulé par les forces de droite, comme c'est déjà arrivé avec la guérilla brésilienne qui, à partir d'un certain moment et de certaines de ses erreurs, a donné prise à la répression exercée par la droite et lui a offert une justification. Je crois que les sans-terre commettent certaines exagérations et cela me peine et me préoccupe. Cela pourrait, en effet, porter préjudice à la lutte d'une gauche démocratique qui s'est installée dans ce pays, bien que nous ne puissions pas encore dire que nous avons un gouvernement de gauche.

– *Ne vois-tu rien de positif dans ce mouvement ?*

– Si, bien sûr, c'est pourquoi cela me peine qu'il puisse être instrumentalisé à cause de ses erreurs. Mais apparemment, ils commencent à établir certaines alliances avec d'autres forces et cela me paraît positif. Il est toujours nécessaire d'équilibrer la rigueur de certaines idéologies avec la compassion pour savoir sentir le moment dans lequel on vit. D'autre part, je trouve le PT (le Parti des Travailleurs, de Lula, un parti de gauche) beaucoup plus mûr. Le mouvement des sans-terre peut être une force positive pour le PT, mais aussi négative s'il perd de vue ce qui est possible en politique.

– *Comment vois-tu en général la situation du Brésil, un pays émergent qui a beaucoup de problèmes mais qui pourrait être un point de référence important pour toute l'Amérique latine, s'il réussit une réforme sociale conséquente qui accorde aux plus pauvres une part du gâteau ?*

– Je te dirai en toute sincérité, moi qui n'ai jamais été de droite, que nous avons aujourd'hui au Brésil un gouvernement conscient de la problématique sociale. Son président, Fernando Henrique Cardoso, a connu la prison, et nous n'avons pas honte de dire qu'il est notre président, comme c'est arrivé en d'autres occasions. Il a été un sociologue réputé, il maîtrise le jeu politique, il a un grand prestige international et sait négocier avec tout le monde, atout important en politique, puisque l'on dit que celle-ci est l'art de la négociation et du compromis.

– *Cette fin de siècle est très confuse et incertaine. Il y a eu trop de sang et trop de guerres. Nous savons que le nouveau siècle n'apportera rien de spectaculaire, comme tu l'as déjà très bien dit. Mais, comme l'af-*

firme Saramago, nous sommes devant la fin d'une civilisation. Et nous ne sommes pas capables de deviner ce que sera celle qui est en train de naître. Avec quels sentiments vois-tu s'achever cette civilisation ? La crainte ou l'espoir ?

– Il est difficile de faire des prophéties. Ce que je peux te dire, c'est que tout va découler de ce qui se passera dans les cinquante prochaines années. Elles pourraient marquer le nouveau millénaire. Cela dépendra en grande partie de la décision que prendront les gens d'entreprendre une quête spirituelle sérieuse et solide. Malraux a déjà dit que le prochain siècle serait spirituel ou ne serait pas. D'autres disent qu'il sera le siècle du féminin. Autrement, le danger existe qu'explose la bombe du fondamentalisme qui, paradoxalement, à mon avis, suppose l'absence de foi.

– *Et quel peut être l'antidote contre le nouveau fondamentalisme qui commence à nous entourer ?*

– Cela peut paraître banal, mais il faut comprendre que notre quête du chemin spirituel doit être celle de la responsabilité individuelle, que nous ne devons déléguer ni à des maîtres, ni à des capitaines de navire. Il est nécessaire de développer les valeurs de la tolérance, l'idée qu'il y a un espace pour tous aussi bien dans la religion que dans la politique et dans la culture, que personne ne doit nous imposer sa vision du monde. Comme le dit Jésus : « Dans la maison de mon père il y a de nombreuses demeures. » Il n'y a aucune raison de nous faire vivre tous dans le même appartement ou avec les mêmes idées. La richesse est dans la pluralité, dans la diversité. Autrement, c'est le fascisme. Avec le fondamentalisme nous retournerions au plus profond du pire des obscurantismes du passé.

Il faut proclamer que l'on peut être athée, ou musulman ou catholique ou bouddhiste ou agnostique et que ce n'est pas un problème. Chacun est responsable de sa conscience. Le contraire mène irrémédiablement aux guerres, parce que c'est concevoir celui qui est différent comme l'ennemi à combattre.

– *Lorsque tu étais à Davos, as-tu abordé avec les grands gourous de l'économie mondiale la question du danger de la globalisation de l'esprit ?*

– Ma surprise, à Davos, a été de constater que ceux qui, en ce moment, détiennent le pouvoir économique et politique s'intéressent eux aussi aux thèmes de la nouvelle spiritualité, liée non pas au fondamentalisme mais à la liberté de l'esprit. J'ai été impressionné, par exemple, par Shimon Pérès, qui m'a exposé son idée pour obtenir la paix au Moyen-Orient. Il pense qu'il est nécessaire de « privatiser » la paix, c'est-à-dire de l'intérioriser ; cela signifie qu'il faut pour commencer que chaque personne s'éprenne de la paix et en fasse son programme de vie. Cela suppose qu'on donne priorité à la tolérance sur l'intolérance. Et il est important que cette idée vienne d'Israël.

– *Que redoutes-tu le plus concrètement de ce siècle de la « globalisation » ?*

– Que la globalisation économique s'étende à la globalisation de Dieu m'inquiète. De la même manière que je suis horrifié par l'idée d'une culture homogène faite à la mesure de tous, j'ai peur de l'idée d'un Dieu standard, dogmatiquement valable pour tous, non personnel, qui remplacerait ce que la conscience de chaque être humain peut découvrir. La culture et la religion doivent être l'expression de l'âme individuelle. La communauté des croyants doit être formée par la somme de personnes libres et originales, différentes, ayant chacune sa propre richesse spirituelle. Le grand danger du marché global consiste à produire une culture qui serait un contrôle universel des esprits. De là à un nouveau nazisme, il n'y a qu'un pas.

– *Tu mentionnes beaucoup la lutte, tu parles souvent de batailles, du « guerrier de la lumière », objet de l'un de tes livres. On pourrait penser que ce guerrier-là est plus proche de la guerre que de la paix. Comment définis-tu un vrai guerrier de la lumière ?*

– Très simple : sur le plan personnel, s'accepter comme quelqu'un qui refuse de se polariser sur ses peurs, qui doit lutter contre elles et aller de l'avant, en quête de sa Légende Personnelle. Sur le plan collectif, éviter toute forme de fondamentalisme culturel, politique ou religieux ; éviter tout ce qui signifierait exclusion des autres, de ceux qui sont différents, et s'ouvrir avec enthousiasme à toute forme d'expression nouvelle, de communication entre les hommes, de coparticipation et, si tu me le permets – bien que le mot soit très prostitué –, d'amour.

– *Il t'est arrivé, je crois que c'était en Italie, de parler de l'« éthique du risque ». Que veux-tu dire par là ?*

– Pour moi, cette éthique du risque suppose la capacité de demeurer audacieux, bien que tout ce qui nous entoure nous incite à cor et à cri à l'immobilisme. De fait, la société impose de plus en plus à tout le monde des normes très strictes de comportement. C'est dans le courage d'enfreindre ces règles que réside précisément le risque de la vraie connaissance, qui suppose toujours la rupture de paradigmes traditionnels et obsolètes. Là réside la sagesse du fou, qui est le thème de mon dernier roman.

– *Es-tu de ceux qui croient que les nouvelles technologies et les nouveaux progrès scientifiques sont très négatifs pour le développement de l'esprit ?*

– Non. Il est vrai que beaucoup de gens pensent que la technologie a tout détraqué, que l'humanité nous a quittés. Je ne le crois pas et c'est l'un des rares sujets sur lesquels je ne suis pas d'accord avec Saramago, quand il manifeste sa crainte de ces technologies, comme il l'a exprimé dans son livre d'entretiens avec toi.

– *Il dit surtout qu'elles ne sont pas faites pour sa génération, qu'il est arrivé trop tard, même s'il est vrai qu'il affirme qu'un courrier électronique « ne pourra jamais être barbouillé par une larme ».*

– À mon sens, la technologie et les progrès scientifiques, d'Internet aux téléphones cellulaires et à toutes les nouveautés qui peuvent nous tomber dessus, font partie du chemin de l'humanité en lui apportant la commodité. L'important est que nous ne les transformions pas en dieux et que nous sachions les utiliser en les prenant pour ce qu'ils sont, des instruments qui nous facilitent la vie et nous permettent de mieux communiquer avec nos semblables. N'oublie pas, en effet, que le plus grand péché de l'humanité est l'incommunicabilité, la solitude ni recherchée ni aimée, le moment où nous oublions que nous avons été créés pour nous rencontrer, pour être les miroirs les uns des autres. Tout ce qui facilite la rencontre et la communication entre nous contribue en définitive à nous rendre moins inhumains et plus solidaires.

5

Le féminin

« Toute ma vie a été régie par l'énergie féminine, par la femme. »

« Avant de connaître la femme, je ne savais pas ce qu'est la compassion. »

Il est impossible de connaître la personnalité de Paulo Coelho si l'on ne comprend pas le rôle qu'a tenu dans sa vie et dans son œuvre l'élément féminin. Comme il le reconnaît dans ces conversations, la femme y a occupé et continue d'y occuper une place fondamentale. Lui qui avait surtout marché sur le sentier du guerrier de la lumière, de la lutte, en accord avec son identité masculine, il a voulu un jour découvrir la femme qui réside aussi en lui. C'est alors que lui est apparu brusquement un nouvel élément de sa personnalité : la compassion, l'aptitude à se laisser porter par la vie, sans devoir toujours se défendre. Ce fut aussi sa rencontre avec la part féminine de Dieu. Aujourd'hui, ses livres ne se comprendraient pas sans cette vision qu'il a de la femme et de ce qu'elle représente en nous et hors de nous. Deux de ses ouvrages, Brida *et* Veronika décide de mourir, *ont pour titres des prénoms de femmes, et dans plusieurs autres les personnages féminins sont fondamentaux. Mais l'ouvrage qui révèle le mieux le côté féminin est peut-être* Sur le bord de la rivière Piedra je me suis assise et j'ai pleuré, *que Coelho a écrit comme s'il était une femme.*

– *Nous allons parler de la part féminine qui est en toi, car je suis convaincu que le siècle qui vient sera fondamentalement celui de la femme.*

– Je suis moi aussi certain que le prochain siècle sera marqué par une plus grande présence de la femme dans la société. Actuellement, l'homme vit une crise d'identité très grave ; la femme, au moins, sait mieux ce qu'elle veut et l'autonomie qu'il lui reste à conquérir, après des siècles de domination masculine absolue.

En ce qui me concerne, nous pouvons aborder deux sujets : la femme dans ma vie et la femme qui est en moi, puisque je me sens à la fois homme et femme.

– *Quelle a été la signification de la femme dans ta vie ?*

– D'une certaine manière, ma vie a été entièrement régie par l'énergie féminine, par la femme. Puisque nous sommes sur le plan de la confession totale, je vais te raconter une histoire très personnelle, très emblématique de ma relation avec la femme : ce qui m'est arrivé avec mon premier amour s'est répété, plus tard, avec toutes les femmes que j'ai rencontrées, à commencer par ma femme actuelle, Cristina.

J'avais très envie de faire du théâtre. C'était mon second rêve, le premier étant toujours de devenir écrivain. Mais je n'avais pas le sou. En outre, j'avais des problèmes avec ma famille, qui ne supportait pas mes velléités artistiques et attendait de moi que je choisisse une profession plus respectable, comme celle d'avocat ou quelque chose de ce genre. Aussi m'ont-ils fait interner à l'asile. J'étais la brebis galeuse de la famille, mais, en bon guerrier, je continuais à lutter pour mon rêve de faire du théâtre.

C'était un moment très difficile pour moi, même si à présent je me rends compte qu'en réalité je me forgeais le caractère dans toutes ces épreuves. Si aujourd'hui je peux vivre serein, sans conflits intérieurs, je le dois à ces batailles avec mes parents, qui auraient pu me détruire pour toujours, mais qui, grâce à Dieu, m'ont servi à apaiser mon esprit dans les luttes futures...

Donc, à ce moment, j'avais le projet de faire du théâtre, mais je ne savais pas à qui m'adresser, quand une femme est entrée dans ma vie, presque une enfant. J'avais dix-huit ans et elle dix-sept. Elle a été emblématique dans ma vie.

– *En quel sens ?*

– Je vais te le raconter, parce que ces épisodes en disent beaucoup sur l'essence de l'être humain, et dans ce cas concret sur l'essence de la femme. Au Brésil, lorsqu'une jeune fille atteint ses dix-huit ans, la coutume veut que ses parents organisent une grande fête au cours de laquelle celle qui devient majeure reçoit des cadeaux de ses proches et de ses amis. La jeune fille s'appelait Fabiola, elle était très mignonne, blonde aux yeux bleus, et elle devait se réjouir des cadeaux qu'elle allait recevoir. C'était la première grande fête de sa vie. À côté d'elle je me sentais un peu humilié, parce que je n'avais pas un sou et que je devais lui demander de l'argent même pour m'acheter des cigarettes. C'était très dur.

– *Elle t'a invité à la fête de famille ?*

– Non, elle a fait beaucoup plus. Sans que j'en sache rien, elle a demandé à ses proches et à ses amis de lui donner de l'argent au lieu de lui faire des cadeaux. Et quand elle a eu tout rassemblé, elle est venue et elle m'a dit : « Paulo, tu veux faire du théâtre. Eh bien, tu vas en faire. En guise de cadeau, j'ai demandé de l'argent, le voilà. Maintenant tu peux essayer de réaliser ton grand rêve. »

– *Et, ainsi, tu as pu te lancer dans le théâtre.*

– Je n'y croyais pas. J'ai pu entreprendre une

nouvelle carrière. Au début, elle m'aidait même dans mon travail. Puis les années ont passé, je me suis affirmé et des portes se sont ouvertes. Entretemps, nous nous sommes séparés. Mais un jour – je travaillais alors à TV Globo, qui était la chaîne la plus importante au Brésil, pour laquelle j'écrivais des textes et des scénarios d'émissions –, Fabiola est venue me voir.

Elle venait me demander un service et je ne le lui ai pas rendu. Et, à ce moment, Dieu m'a fait toucher le fond de mon absence de générosité. Voici l'histoire exacte. Elle est arrivée toute joyeuse et m'a dit : « Paulo, tu ne fais pas du théâtre, mais tu écris des scénarios pour la télévision, c'est formidable », puis elle a ajouté : « Je voudrais te demander une faveur. J'ai su que ton directeur avait un théâtre et j'aimerais que tu me présentes à lui, car je désirerais être actrice. » L'histoire passée se répétait, celle du jour où elle m'avait aidé à faire du théâtre, en renonçant à ses cadeaux, avec une générosité incroyable.

– *Et toi, tu as oublié ce qu'elle avait fait pour toi.*

– Ce n'est pas que j'ai oublié, la vérité c'est que j'ai été lâche, parce que je n'ai pas osé la présenter à mon directeur. Je lui ai dit : « Fabiola, je ne peux pas t'aider. » Et elle est partie toute triste. Sur le moment j'étais très insensible, ne pensant qu'à moi, mais au bout d'un an, j'ai pris conscience de ma façon d'agir, j'ai eu alors terriblement honte, désirant que Dieu me donne une autre opportunité pour me débarrasser de ma mauvaise conscience.

– *Et il te l'a donnée ?*

– Oui, parce que Dieu te voit faire d'abord ce qu'il y a de pire en toi et il t'offre ensuite une possibilité de rachat. Il se trouve que Fabiola avait finalement renoncé à son désir de faire du théâtre et entrepris une carrière de sculptrice, dans laquelle elle a fini par triompher, car elle a un talent fantastique. Alors que j'étais déjà un écrivain confirmé et célèbre au Brésil, je l'ai rencontrée dans un bar. Elle m'a dit: «C'est magnifique, Paulo, tes livres sont un triomphe.» Après ce qui s'était passé, je me suis senti terriblement honteux et je lui ai répondu en la regardant dans les yeux: «Quoi, tu me traites encore gentiment, alors que je me suis comporté avec toi comme un salaud?» Mais elle a fait la sourde oreille. Je n'ai même pas eu besoin de lui demander pardon. Nous estimions l'autre jour que le sommet de la grandeur d'âme, c'est de ne pas avoir besoin de pardonner à quelqu'un parce que tu ne t'es pas senti offensé, puisque pardonner, c'est toujours, d'une certaine façon, se sentir supérieur, humilier celui à qui tu pardonnes.

– *Elle, plus que te pardonner, avait généreusement tout oublié pour que tu ne te sentes pas humilié.*

– Sans aucun doute. Elle m'a offert, en plus, une nouvelle opportunité. «Ne t'inquiète pas pour le passé, a-t-elle ajouté, il valait peut-être mieux que je ne fasse pas de théâtre. Maintenant je suis heureuse de faire de la sculpture, et je voudrais te demander une nouvelle faveur.» Je me suis senti fou de joie et je lui ai dit: «Demande-moi ce que tu veux, cette fois je ne te décevrai pas.» Elle m'a expliqué que son rêve était de réaliser une sculpture et de la mettre sur une place publique de Rio de Janeiro. Je lui ai répondu: «Tu vois, Fabiola, peu m'importe le prix, mais je t'assure que cette statue, tu la feras, je la paierai et je demanderai les permis nécessaires pour qu'elle figure sur une place.»

– *Et tu as réussi?*

– Oui. Elle est exposée sur la place de Nossa Senhora da Paz. Si tu veux, tu peux aller la voir. Elle représente deux enfants, nous deux. Elle voulait qu'il soit gravé sur la sculpture que c'était une donation de ma part. Mais j'ai refusé catégoriquement: «Non, je ne te donne rien. C'est toi qui me donnes la possibilité de te dédommager d'un vieux péché que j'ai commis envers toi. » C'est une histoire très importante pour comprendre ma vie, c'est pourquoi j'ai voulu te la raconter.

– *Au fond, cette femme t'a donné la possibilité de te réconcilier avec la meilleure part de toi-même et t'a montré ta part la plus négative.*

– D'une manière ou d'une autre, toutes les femmes qui ont traversé ma vie se sont présentées à ma porte à un moment critique. Elles m'ont pris par la main, elles m'ont toléré, elles m'ont fait changer de voie.

– *Cristina, ta femme actuelle, également ?*

– Sans aucun doute. Nous sommes ensemble depuis dix-huit ans. Elle m'a encouragé à devenir écrivain. Elle m'a ainsi proposé : « Tu veux être écrivain ? Eh bien, viens, nous allons voyager. » Grâce à elle, j'ai vécu beaucoup d'expériences importantes, elle m'a fait connaître beaucoup de gens intéressants, elle m'a offert à chaque moment une compagnie magnifique. Ensuite, quand le succès est arrivé, elle m'a aidé à rester simple, à ne pas devenir arrogant. Elle m'a toujours accompagné sur mon chemin, elle n'a jamais lutté contre ce que je cherchais, elle m'a respecté, elle m'a injecté de l'enthousiasme chaque fois que je le perdais, elle m'a soutenu dans mes moments de faiblesse.

Nous avons aussi nos disputes, comme tout le monde. Je passe à présent presque deux cents jours par an loin d'elle, pourtant je la sens toujours près de moi ; elle s'occupe avec amour de la fondation et se réalise dans la peinture qu'elle aime tant.

– *Comment vous êtes-vous connus ?*

– Dans une période terrible, à l'époque où je n'étais pas loin d'être démoniaque, puisque j'étais lié à des sectes sataniques. La première fois qu'elle est venue chez moi, j'avais sur ma table un livre sur le satanisme. Je lui ai demandé : « Que vas-tu faire aujourd'hui ? » Elle m'a répondu qu'elle allait chanter sur la place avec les évangélistes, parce que alors elle faisait partie de cette Église. Je suis allé l'écouter chanter et j'ai été totalement séduit. À partir de ce moment, elle m'a accompagné toute ma vie. Elle sait que j'adore les femmes, mais elle ne me torture pas, elle reste fidèle à ses valeurs et, en définitive, nous sommes ensemble par amour.

– *Et tes femmes précédentes ?*

– Elles ont toutes été meilleures avec moi que moi avec elles. Je t'ai déjà parlé de Fabiola. Ma première femme, elle, s'appelait Vera, elle était yougoslave, beaucoup plus âgée que moi. Elle avait trente-trois ans quand j'en avais vingt. Elle m'a enseigné les choses les plus importantes d'une relation, qui vont du sexe à la capacité de dialogue. Ma deuxième femme est celle que j'appelle la femme sans nom, c'est elle qui a été séquestrée avec moi et avec laquelle j'ai été si lâche, comme je l'ai raconté. La troisième avec laquelle je me suis marié a beaucoup compté. Elle était très jeune, elle avait dix-neuf ans et moi vingt-neuf. Elle travaillait avec moi chez Polygram. Même si à l'époque je me considérais comme tout à fait normal, je me suis très mal comporté avec elle et elle a vécu des moments traumatisants. J'étais comme ça. Cependant, je n'aurais rien été sans ces femmes de ma vie, qui étaient beaucoup plus mûres que moi. Même aujourd'hui, en plus de Cristina, ma femme, qui m'apporte tellement d'équilibre, toutes mes relations professionnelles sont des femmes, de mes agents littéraires à mes éditrices. Les femmes sont présentes à chaque minute de ma vie.

– *Peut-être est-ce parce que tu sais les comprendre ? Tous les hommes n'éveillent pas cet amour chez les femmes. Mais qu'en est-il de la femme qui est une part de ta personnalité ?*

– À vrai dire, je me suis longtemps défendu de ce côté féminin. Le guerrier que je suis aime livrer toutes les batailles, et cela a plutôt nourri ma part masculine. C'est pourquoi j'ai ignoré la compassion, la passion de la vie, jusqu'au jour où j'ai découvert la part féminine que je porte aussi en moi, qui est une dimension importante sans laquelle nous ne serons jamais des hommes complets.

– *Qu'est-ce qui t'a amené à prendre conscience de la nécessité de ta part féminine ?*

– Comme je l'ai raconté, j'ai lutté toute ma vie contre les obstacles qui s'interposaient sur mon chemin, j'ai pris des décisions aussi importantes que celle d'abandonner la drogue à un certain moment. Mais la vie s'imposait. Parfois j'étais en colère contre moi, me reprochant de ne rien savoir de la vie, de n'avoir de contrôle sur rien. J'essayais alors de me détendre, de me laisser porter. Dans ces moments où je parvenais à m'abandonner, je me sentais mieux, c'était comme si je me laissais conduire par la vie. Puis, les problèmes revenaient, il me fallait de nouveau me contrôler, prendre des décisions, il ne suffisait pas de me laisser porter.

Après avoir réalisé le chemin de Saint-Jacques, depuis la France, l'expérience la plus forte de ma vie, j'ai décidé d'accomplir aussi ce que dans la tradition RAM – une tradition spirituelle très ancienne, qui a cinq cents ans, qui est née au sein de l'Église catholique et à laquelle j'appartiens avec quatre autres disciples – on connaît sous le nom de « Chemin féminin ». D'autres l'appellent aussi le « Chemin de Rome ». Sa mission est de nous révéler le côté féminin de notre personnalité. De cette recherche est né mon livre *Brida*, l'histoire d'une femme que j'ai connue sur ce chemin et dont l'expérience était très proche de la mienne. D'une certaine façon, Brida est cette femme que je cherchais en moi.

– *En quoi consistait exactement ce chemin ?*

– Beaucoup de gens trouveront peut-être cela stupide, mais pour moi ce furent soixante-dix jours inoubliables et fondamentaux. Tu marchais selon tes critères, sans qu'aucun maître ne te dise par où tu devais aller. L'essentiel consistait à te souvenir de tes rêves. Les rêves ne sont-ils pas de façon ancestrale liés à l'âme féminine ? Et pendant le jour tu devais réaliser, au pied de la lettre, ce que tu avais rêvé.

– *Devais-tu interpréter le rêve ?*

– Il ne s'agissait pas d'interpréter, mais de faire exactement ce que tu avais rêvé. Si, par exemple, tu avais rêvé d'une gare routière, tu devais te rendre à la gare routière la plus proche et voir ce qui t'arrivait. C'était la même chose si tu rêvais d'un garage. Une nuit, j'ai rêvé de football. Le Brésil devait jouer contre le Danemark. J'ai rêvé que le Danemark allait gagner par trois buts à deux. Alors qu'il avait marqué deux fois j'ai dit : « Il doit y avoir un autre but. » Et il y a eu un but, et le match s'est terminé par trois buts à deux ainsi que je l'avais rêvé, seulement le score était inversé, car c'est le Brésil qui a gagné.

– *Et si tu ne rêvais pas ?*

– Je rêvais toujours. C'est un peu comme quand tu suis une psychanalyse, ce n'est pas que tu rêves davantage, c'est que tu te souviens mieux de tes rêves. Si, un jour, je déclarais à mon maître que je n'avais eu aucun rêve, il me disait : « Mais si, tu as rêvé, on rêve toujours de quelque chose. » Je lui répondais : « J'ai rêvé seulement d'un garage. » Il enchaînait : « Que veux-tu ? Rêver de la Vierge ? Eh bien, rends-toi près d'un garage et vois ce qui se passe. »

– *N'as-tu jamais eu la sensation de t'être trompé ?*

– Une fois, je me suis vraiment trompé, et cela m'a presque coûté la vie. J'avais rêvé d'un nom : Gez, qui est celui d'une montagne, mais également d'une chapelle qui se trouvait dans un village voisin. J'ai cru que le nom se référait au mont, et j'ai pensé que je devais m'y rendre. Mais c'était un mont très difficile à gravir et j'ai failli y laisser la peau. La vérité c'est que je m'étais trompé, parce qu'il s'agissait bien de la chapelle qui se trouvait dans un village voisin et qui portait le même nom.

– *Pourquoi l'appelle-t-on le Chemin féminin ?*

– Parce que contrairement au chemin de Saint-Jacques, où selon la tradition RAM tu développes surtout le pouvoir de ta volonté, fondé sur la discipline et l'effort personnel, sur le Chemin féminin tu développes et tu découvres surtout la part de la compassion, de la méditation, de la proximité avec les racines de la vie, avec la terre. Le chemin de Saint-Jacques est plus actif, plus guerrier. C'est pourquoi je dis souvent qu'il est plus « jésuitique », parce que les jésuites ont pour fondateur saint Ignace de Loyola, qui était un soldat. Tandis que le Chemin féminin est plus contemplatif, c'est-à-dire plus « trappiste », parce que ces moines se consacrent à la méditation et à la découverte des abîmes intérieurs. C'est une religiosité plus féminine que celle des jésuites, parce que les trappistes travaillent avec leurs mains et cultivent le jardin en même temps qu'ils font de longues méditations. Les jésuites sont plus actifs, ils sont davantage dans les batailles du monde.

– *En réalité, la première déesse de l'histoire, Gaïa, était féminine, c'était la déesse de la fécondité de la terre. Puis, peu à peu, les mâles, qui étaient guerriers, ont honoré un dieu masculin. Alors la femme a été reléguée au second plan et Dieu est devenu plutôt quelqu'un de sévère, un justicier, toujours prêt au châtiment, avide de sacrifices.*

– Je n'aime pas la manière dont les religions ont volé à Dieu son visage féminin, fait de compassion, d'amour de la vie, des hommes et des choses. De fait, la création est un processus féminin, lent, mystérieux, relié non pas à notre logique masculine, mais à l'essence de la féminité, car la femme est la protectrice de la vie et n'aime pas les guerres qui tuent le fruit de ses entrailles.

– *Qu'entends-tu par « réveil féminin » ?*

– C'est une expression qui n'a rien à voir avec le sexuel, mais avec une pensée libre, hors de la logique conventionnelle. Comme tu le sais, beaucoup d'écrivains recourent à la femme comme figure symbolique pour expliquer cette fusion entre l'intuition et la logique, quelque chose qui est très proche des rêves. D'après le récit des Évangiles, la femme de Ponce Pilate a fait un rêve que n'a pas respecté le raisonnement logique de son mari, et celui-ci s'est trompé pour ne pas l'avoir écoutée. Dans *Jules César*, Shakespeare fait dire à la femme du quasi-empereur qu'il court un danger en se rendant au Sénat ce fameux soir de mars. Jules César, logiquement, a pensé qu'une femme ne pouvait pas comprendre grand-chose au moment politique qu'il était en train de vivre. Et lui aussi s'est trompé.

– *Les retrouvailles avec ta part féminine ont-elles été faciles ?*

– Non, elles ont été lentes et difficiles, parce que nous devons nous dépouiller de cette culture engendrée par le savoir officiel, qui est toujours masculin et déprécie les valeurs féminines. Comme si, dans l'histoire, il n'avait pas existé d'autre philosophe que Descartes. Les mystiques ont vécu, eux aussi, et ils ne voyaient pas les choses uniquement du point de vue de la logique cartésienne, du deux et deux font quatre. Avec la logique seule, nous perdons le contact avec le mystère, avec la profusion de l'imaginaire. C'est pourquoi j'aime la philosophie orientale du paradoxe, qui n'est pas celle de la ligne droite, mais celle du cercle, où quelque chose peut être et ne pas être en même temps, parce que la vie n'est pas un robot avec des réponses toutes faites. Elle est imprévisible et peut changer à chaque seconde.

– *À propos du deux et deux font quatre de la mathématique classique, le philosophe espagnol Fernando Savater, dans un livre de conversations comme celuici, m'a dit : « Les relations sentimentales ne peuvent pas se mesurer, alors que l'intelligence juge toujours avec des magnitudes fixes qui peuvent se calculer. Deux et deux font quatre en mathématiques, tandis que deux malheurs et deux malheurs non seulement font quatre malheurs, mais peuvent quelquefois te pousser à te jeter par la fenêtre. »*

– Je trouve cela magnifique.

– *Il est certain que notre savoir, surtout en Occident, moins sans doute dans les cultures africaines, est fondamentalement masculin.*

– Parfois nous avons besoin de symboles physiques pour mieux comprendre et j'aime beaucoup la tradition de la colombe et du serpent. C'est-à-dire la tradition de l'Esprit, qui part du principe que l'important n'est pas d'accumuler, mais de savoir lire ce langage de l'inconscient collectif, ce que nous appelons *anima mundi*. Ce serait le langage de la colombe. Et il y a, d'autre part, la tradition de l'accumulation, du serpent, de la sagesse classique. Nous ne pouvons pas nous contenter seulement de l'une ou de l'autre, mais nous devons harmoniser les deux : la logique et l'intuition. C'est sans doute pourquoi j'aime tant l'image de l'Immaculée qui a le serpent à ses pieds.

– *Leonardo Boff, dans son livre* L'Aigle et la Poule, *parle d'une fable africaine qui renvoie à ce que tu viens de dire. L'aigle, c'est la part du mystère des hauteurs que nous avons tous en nous, même si nous l'avons oubliée, tandis que la poule qui vole au ras de la terre, c'est le concret, la logique cartésienne, dans laquelle il y a peu d'espace pour le rêve et pour le surnaturel et l'imprévisible, mais qui est aussi la réalité avec laquelle il faut compter.*

– Ce livre de Boff est très beau. Dans les Évangiles également on en trouve beaucoup d'exemples, ainsi lorsque Jésus dit qu'il est venu non pas supprimer la loi mais pour que soit accompli l'esprit de celle-ci. Il arrive en effet un moment où le respect de la loi et l'obéissance te paralysent et t'empêchent de vivre, pourtant on ne peut pas plus vivre uniquement dans l'anarchie.

Un autre passage de l'Évangile que j'apprécie beaucoup est celui dans lequel Jésus dit à ses disciples que lorsqu'ils seront parmi les hommes ils doivent être « simples comme la colombe et rusés et prudents comme le serpent ». Ainsi nous devons veiller à garder les pieds sur terre, être concrets et objectifs, mais en même temps savoir regarder le cours des choses, prendre plaisir à les contempler, et tenter de découvrir ce langage secret qui s'adresse davantage à notre inconscient, à notre part féminine qu'à notre raison.

– *Tu parles souvent d'un système féminin de pensée. À quoi fais-tu référence ?*

– C'est l'opposé de ce qu'on appelle habituellement le système cartésien de pensée. Penser au féminin, c'est penser d'une façon différente de la logique masculine classique, qui a dominé durant si longtemps la pensée, surtout occidentale.

– *Et qui domine toujours. Malgré les batailles qu'elle a livrées pour conquérir son autonomie, la femme se voit encore concéder peu d'espace dans ce que tu appelles l'Académie, c'est-à-dire le savoir officiel. En Espagne, par exemple, une seule femme a occupé la charge de recteur d'université.*

– Et si cela se trouve, elle l'exerçait selon des critères masculins plus encore que les hommes.

– *Comme les grandes politiciennes de l'histoire, de Golda Meir à Mrs. Thatcher, qui ont été des femmes très masculines.*

– C'est le grand problème. C'est pourquoi ce que j'appelle le système féminin de pensée est autre chose. La femme représente le sacré, elle est l'énergie féminine, elle est ce qui empêche qu'un mur ne s'élève entre le sacré et le profane, elle est la logique du mystère, de l'incompréhensible, du miracle. Je t'ai raconté que, sur le Chemin féminin, si tu rêves d'un garage tu dois t'y rendre le matin, voir ce qui t'arrive. C'est dépourvu de logique, donc plus proche de l'impondérable, de la nouveauté, de ce qui touche au plus profond de l'être. Voilà ce qu'est pour moi le féminin.

– *Nous avons dit que le prochain siècle serait certainement plus féminin, plus utérin que celui qui s'achève, plus liquide et moins solide. Comment vois-tu la fonction de la femme dans cet avenir déjà proche ?*

– Tout à fait semblable à celle de l'homme. Parce que ce dont je parle, ce n'est pas de la femme mais du féminin. Prenons l'exemple des mouvements féministes les plus audacieux : elles ont voulu conquérir une part du pouvoir, mais pour l'exercer ensuite comme des hommes. Ce n'est pas cela le féminin. La femme doit savoir équilibrer son énergie féminine et son énergie masculine, de même que l'homme doit aussi savoir harmoniser ces deux énergies dont il est constitué.

– *J'aimerais te poser une question que les hommes*

abordent peu. Admettons que nous, les mâles, devons découvrir la femme que nous portons aussi en nous car nous ne sommes pas seulement masculins. Nous devons reconnaître cette part de féminité qu'avait niée le machisme. Mais en revanche, nous n'acceptons pas que la femme recherche la part masculine, qui est aussi en elle ; nous la désirons seulement féminine. Cela me paraît très égoïste. Nous pensons que nous serons plus complets si nous mettons au jour notre part féminine, tandis que nous refusons à la femme le droit d'exercer elle aussi sa composante masculine. Cela te paraît-il juste ?

– Je suis plutôt d'accord avec toi, mais ce problème n'est ni le mien ni le tien, c'est le leur. Nous devons cesser d'être paternalistes avec les femmes. Tu as raison : si nous découvrons notre féminité, il est juste aussi qu'elles développent leur masculinité, même si nous pouvons préférer les voir exclusivement féminines. Mais ce sont elles qui doivent livrer cette bataille. Elles doivent prendre l'épée et combattre, nous ne pouvons pas nous mettre à leur place. Si elles savent combattre, elles découvriront ce qu'est l'énergie masculine.

– Comme nous avons conçu une société dans laquelle le pouvoir requiert des dons masculins, si nous gardons l'idée que la femme est et doit être fondamentalement féminine, c'est-à-dire qu'elle appartient au monde du mystère, du passif, au mieux de la créativité artistique, nous l'excluons automatiquement des postes de commande.

– Tu as raison, mais je continue de penser que ce n'est pas nous, les mâles, qui pouvons résoudre ce problème. Ce sont elles, les femmes, qui doivent en prendre conscience et se battre pour réussir. De la même manière qu'elles ont fait la première révolution féministe pour éradiquer la discrimination et, au moins théoriquement, accéder à tous les postes de pouvoir comme les hommes, maintenant elles doivent livrer la seconde bataille. Elles devront éviter, quand elles parviendront à conquérir le pouvoir, de le gérer comme si elles étaient exclusivement masculines, car alors nous n'aurions réussi qu'à substituer une femme à un homme, mais rien n'aurait changé.

Aussi, lorsque les femmes accèdent à des postes de pouvoir doivent-elles faire leur possible pour l'exercer sans oublier leur caractère féminin. Toutes les structures de la société étant fondamentalement masculines, elles doivent briser ce schéma, introduire de la sève féminine pour construire ainsi une société dans laquelle cohabitent les éléments positifs, aussi bien de l'univers masculin que du féminin.

6

La magie

« La magie noire est diabolique parce qu'elle te fait croire que tu détiens tout le pouvoir. »

« Je me sens un magicien parce que je suis quelqu'un qui essaie de développer ses dons et son pouvoir. En ce sens, tout le monde peut être magicien. »

Avant d'être un écrivain célèbre, Paulo Coelho était connu dans le monde entier en tant que magicien auquel on attribuait des pouvoirs spéciaux, comme celui de faire tomber la pluie à sa guise. Aujourd'hui il préfère être considéré comme l'auteur de livres dont on s'arrache les traductions sur les quatre continents. Comme il le fera au sujet de la drogue, il a voulu dévoiler ici ses douloureuses expériences de toutes sortes de magies, même les plus noires, devant lesquelles, affirme-t-il, les rites sataniques n'étaient rien. Il les a abandonnées lorsqu'il a compris que ce chemin le menait au précipice et qu'il avait pénétré dans les abîmes mêmes du Mal. Il continue cependant de croire à la dimension magique de la vie, car pour lui nous sommes tous capables de développer des potentialités qui dorment cachées en nous et tous ceux qui en ont le désir peuvent lire le langage occulte et secret que les choses portent en leur sein.

– *Crois-tu toujours à l'élément magique de la vie ?*

– Totalement.

– *Et quelle différence observes-tu entre le magique et la magie ?*

– La magie est un outil et le magique est le produit de cet outil. La magie est un espace, c'est comme un marteau, une épée, un instrument. Le magique, c'est la façon dont tu l'utilises.

– *Te sens-tu toujours magicien ? Beaucoup de gens disent que, autrefois, tu as été un magicien.*

– Je suis un magicien comme le sont tous les êtres humains. Bien sûr, je respecte une tradition spirituelle catholique, mais je suis persuadé que nous possédons tous des dons que nous ne développons pas, parce que le savoir officiel, cet espace vide, ne les accepte pas. Je suis quelqu'un qui essaie de développer ses dons et son pouvoir, c'est cela être un magicien, ce qui ne me rend ni meilleur ni pire que les autres.

– *Il serait bon, me semble-t-il, de mieux expliquer ce que tu entends par magie avant d'aborder tes expériences passées négatives.*

– Ces entretiens sont d'une certaine manière un acte de magie. C'est en effet un rituel dans lequel il ne dépend que de moi de vouloir tout te raconter et d'avoir confiance en toi ou non. Et pour moi, tu n'es pas toi en ce moment, tu es tous mes lecteurs, tu es la curiosité qu'ils ont tous. Tu es là pour m'interroger, ce qui est ta compétence. Tu as fait la même chose dans ton livre avec Saramago, *L'Amour possible*, et lorsque je l'ai lu, j'y ai trouvé des questions que j'aurais aimé poser comme lecteur, afin de mieux connaître ce grand écrivain portugais. Ce genre de choses me semblent presque sacrées, parce qu'elles touchent à l'intimité de notre personne.

– *Tu as fait aussi, et c'est autre chose, l'expérience de la magie négative, la magie noire. Quel souvenir en as-tu ?*

(À aucun moment, au long de toutes ces heures de conversation, Coelho n'a été plus tendu et préoccupé que lorsque nous avons évoqué le thème de la magie. Il était minuit et il a souhaité faire une pause avant

de l'aborder, car pour lui cette heure entre le jour et la nuit est sacrée et rituelle. Il était conscient de révéler des moments clés douloureux de sa vie, et il avait du mal à entrer dans le sujet. Il a demandé, en outre, étant donné qu'il allait parler de la magie, la permission d'allumer des bougies et d'éteindre la lumière électrique. Et c'est ce qu'il a fait.)

– Parlons donc de ton expérience de la magie, ce monde assez méconnu. Tes lecteurs trouveront sans doute intéressant de savoir ce que tu as vécu.

– Je vais tenter de te l'expliquer chronologiquement, de faire une confession organisée dans laquelle j'essaierai de me voir moi-même pendant que je parlerai. J'ai été formé chez les jésuites, qui t'inculquent une certaine conception de Dieu. Pour moi – je ne sais pas pour les autres –, ce fut une expérience très négative, car c'est là que j'ai perdu la foi de mon enfance. Tenter de t'imposer une foi est en effet le meilleur moyen de te pousser à te rebeller et à passer de l'autre côté. J'ai entendu dire que Fidel Castro avait lui aussi étudié chez les jésuites. Pour moi, me rebeller contre cette éducation religieuse imposée, c'était passer au marxisme. C'est à ce moment que j'ai commencé à lire Marx et Engels. C'était l'époque de la dictature militaire et, pour cette raison, je me suis mis à lire tout ce qui était alors interdit. Parmi ces lectures interdites figurait la littérature marxiste, considérée comme démoniaque. Je lisais de tout. Je me sentais athée, mais ce sentiment n'a pas duré longtemps. J'avais dans l'âme la curiosité de l'écrivain et j'ai commencé à me poser les questions classiques : Qui suis-je ? Que fais-je ici ? Où vais-je ? D'où viens-je ? Je ne sais pas quel âge j'avais. C'était aux environs de 1969, quand le mouvement hippie a commencé à se répandre au Brésil avec toute sa charge de mysticisme.

– *Et tu t'es enthousiasmé pour ce mouvement.*

– Je me posais des questions. Au début, il me semblait que c'était un moyen d'échapper à la réalité, parce que j'étais imprégné des idées marxistes et je pensais lutter pour le peuple, pour la liberté, pour la dictature du prolétariat, etc. En fait, je me sentais plein de contradictions, je luttais pour la dictature du prolétariat, j'allais aux manifestations, mais en même temps j'adorais les Beatles. Il y avait quelque chose en moi qui était au-delà du marxisme pur et qui me faisait dire: S*ergeant Pepper's!* En plus, j'adorais le théâtre.

– *Au fond, ta quête était plus spirituelle que politique.*

– La vérité, c'est que le monde de la spiritualité m'attirait et que je le cherchais dans les directions les plus éloignées de la religiosité imposée par ma formation traditionnelle et qui ne m'avait pas convaincu. Je me suis ainsi tourné vers la cosmogonie indienne, dans laquelle je suis entré avec force. Je me suis mis à réciter tous les mantras qui me tombaient sous la main, à faire du yoga, de la méditation, et tout ce qui était lié à la spiritualité orientale.

– *Tu étais célibataire?*

– Non, j'étais marié avec ma première femme qui avait de l'argent, je n'avais donc à me préoccuper de rien et je ne faisais que lire. J'ai lu les choses les plus diverses, du *Matin des magiciens*, de Louis Pauwels et Jacques Bergier, à la littérature issue du matérialisme historique. À cette époque je vivais dans une communauté hippie, ce qui m'a valu, un jour, une réflexion très curieuse. Voilà ce que j'ai pensé: si j'avais vécu en 1928 et si j'avais conduit une voiture, qu'à ce moment Hitler était passé par là et que je l'aie renversé et tué sans le vouloir, n'aurais-je pas transformé des millions de vies sans le savoir ? Mais, concrètement, on m'aurait mis en prison pour avoir tué un homme. Personne n'aurait su qu'il allait devenir Hitler, ni moi que j'avais tué l'assassin potentiel de millions de personnes, bien qu'en réalité j'aurais modifié toute une structure, une société, une époque, un monde. Alors j'ai commencé à réfléchir et je me suis dit : quelle folie ! je ne peux pas le croire, c'est donc que réellement il y a encore des choses qui peuvent se passer sur la terre, que nous ignorons. Fort de ces réflexions et sous l'influence de la mythologie indienne, je me suis mis à vivre différentes expériences, comme le font toutes les personnes qui s'initient à la quête spirituelle.

– *Tu as donc cherché des maîtres qui t'ont initié à cette quête spirituelle, dont tu ne savais pas encore toi-même ce qu'elle était.*

– En effet. C'est le moment où nous mettons tous nos espoirs et toute notre confiance dans une figure qui un jour finira par nous décevoir, mais qui à ce stade d'initiation demeure pour nous importante et indispensable, car elle nous tient la main à travers les labyrinthes et les mystères de la vie. Je suis alors tombé entre les mains de plusieurs maîtres, de nombreuses sectes, de nombreuses philosophies, jusqu'au moment où mon caractère extrémiste m'a poussé à rechercher le plus violent, ce qui était à la gauche de la gauche dans la quête spirituelle.

– *Tu voulais te distinguer de tes amis en recherchant des choses différentes.*

– En effet, mais j'avais un autre motif qui aujourd'hui me paraît très bête : je voulais séduire les femmes, les impressionner par mon savoir concernant les choses les plus étranges. Je me suis demandé quelle société secrète était considérée comme la brebis galeuse la plus dure. On m'a parlé d'une certaine secte dont je ne veux pas prononcer le nom. Je l'appellerai la société de l'ouverture de l'Apocalypse. Elle avait un grand mentor.

Je me suis mis à lire tout ce que je trouvais sur lui. J'avais déjà connu beaucoup d'autres expériences et c'était le moment où j'essayais d'écrire et de créer une presse alternative, où j'ai fondé la revue dont j'ai déjà parlé. J'avais besoin d'en savoir rapidement le plus possible sur ce personnage et je suis allé interviewer quelqu'un pour la revue, croyant qu'il pourrait m'aider. À mon étonnement, cet homme, qui aurait dû en savoir long sur la question, n'avait presque pas de livres. Cela m'a surpris, parce que j'étais habitué à ce que les gens qui connaissent beaucoup de choses sur tout possèdent beaucoup de livres.

(À ce moment de la conversation, Cristina, la femme de Coelho, a sorti l'appareil pour nous prendre en photo. Coelho lui a demandé de ne pas en faire : « Nous parlons de la magie et les magiciens attribuent à l'image un pouvoir fantastique. De fait, Castaneda ne se laissait pas photographier. Il est mort sans qu'il existe une seule photo de lui. Je ne suis pas Castaneda, mais... » Cristina ne l'a pas écouté et a essayé de prendre la photo. Il faisait nuit et le flash n'a pas fonctionné. « Tu as vu, a-t-il commenté, nous parlons de magie et la photo n'est pas sortie. Je t'en prie, Cristina, ne me distrais pas, je raconte des choses très intimes de ma vie. »)

– *Reprenons au moment où, pour ta revue, tu es allé interviewer une personne, dans l'intention qu'elle te renseigne sur cette secte de magie noire.*

– Je me suis rendu compte que notre conversation était très fructueuse et que les deux ou trois livres qu'il avait paraissaient très intéressants. Je me suis enquis de leur auteur et il m'a répondu : Aleister Crowley. Je suppose que vous avez entendu parler de lui, parce qu'il a exercé une grande influence sur beaucoup de gens. J'étais allé le voir avec ma femme, la femme sans nom, et il nous avait fascinés.

– *Parle-moi de cette secte secrète.*

– C'est une société qui s'est formée au début du XIXe siècle et dont l'objectif est « la quête totale unie à l'anarchie totale », ce qui était pour le gamin de vingt-trois ans que j'étais un idéal parfait. J'ai déjà raconté cette expérience, de mon histoire avec Raúl à la période qui a précédé la prison, mais Cristina, ma femme, ne m'a pas laissé publier ce texte. Elle l'a lu avec beaucoup d'intérêt car elle ne connaissait pas cette période de ma vie. Alors qu'elle était presque à la fin du livre, elle m'a regardé comme une image de Notre-Dame de l'Apparition et elle m'a conseillé : « Ne publie pas ce livre, il parle du Mal, de ton expérience du Mal. » Je lui ai répliqué : « Mais, Cristina, c'est seulement une expérience tragique. » Elle a alors insisté : « C'est fascinant, mais ne le publie pas parce que cela pourrait être mal interprété. » Et j'ai fait disparaître le livre de l'ordinateur. J'ai passé une nuit d'horreur et, le lendemain – presque tout le livre était déjà imprimé –, nous sommes allés dîner dans un restaurant avec mon éditeur, à qui j'ai dit : « Jette un coup d'œil, parce que tu seras la dernière personne qui le lira. » Il m'a regardé comme si j'étais fou. Je lui ai précisé que j'allais le détruire. Et je l'ai fait. J'ai conservé seulement un chapitre dans lequel je racontais ma rencontre avec Raúl. Le reste, je l'ai jeté.

– *Comment s'intitulait-il ?*

– *La Société alternative.* Pour que tu comprennes mieux ma fascination, il faut que je parle un peu de

Crowley, un personnage très curieux dans l'histoire de la magie. Si tu regardes son visage sur Internet, tu verras que c'est celui du Mal. Crowley est un personnage diabolique, une forte personnalité qui émerge à un moment de décadence de la magie classique, dans laquelle se trouvaient les sociétés secrètes, la maçonnerie et certaines sociétés anglaises. Ce monsieur arrive et dit : « Plus de secrets », il commence à publier tous les livres qui jusque-là étaient secrets et forme sa propre société. Avec cette dernière, il crée un système social, politique et idéologique, qui comme tout système du genre a un livre clé, comme *Le Capital* ou *L'Évangile,* qui s'appelle *Le Livre de la loi* et qui, d'après lui, lui a été dicté par un ange, au Caire.

On y trouve une déclaration de principes très lucide, comme tout le travail de Crowley. Il y développe un système de pouvoir qui se résume ainsi : il y a les faibles et les forts et la loi de la jungle. Les faibles sont esclaves et les forts puissants et libres. Tout cela exprimé avec une écriture extrêmement solide, magique, mystique. Fasciné et irresponsable à la fois, j'ai commencé à pratiquer ces enseignements qui aussitôt ont donné de bons résultats. Je suis entré dans une société secrète dont je ne donnerai pas le nom, dans laquelle m'est arrivé ce que je vais raconter.

(Sur la page consacrée à Aleister Crowley sur Internet, on lit : « Personnage énigmatique et critiqué à satiété, non seulement de son temps, caractérisé par le règne de la morale victorienne qui lui adjugea le surnom de l'"Homme le plus pervers du monde", mais encore de nos jours où son nom évoque, chez ceux qui croient connaître l'Homme et son Système, un halo de malignité et de perversion, qui le place injustement dans la position d'un Mage Noir ou, de façon encore

plus absurde, d'un adepte de Satan. Ce que l'on oublie souvent de mentionner ou que l'on sous-estime dans ses biographies, c'est qu'Aleister Crowley fut un homme engagé dans une certaine sorte de quête spirituelle, qu'en réalité il fut un Mage au sens le plus large du terme. »)

– *À ce moment, tu as cru aveuglément en cette secte.*

– Pour être tout à fait honnête, je croyais et je ne croyais pas, je croyais sans croire, même si elle me séduisait. C'est à la même époque que Raúl Seixas, le célèbre chanteur qui devait avoir tellement d'influence sur ma vie, a croisé ma route. Comme si tout arrivait en même temps. J'ai donc emmené Raúl dans cette société secrète, qui était totalement libre ; il n'y avait pas de loi, et tu pouvais être un monstre ou une personne merveilleuse. Tout le monde avait la possibilité d'y entrer. Il y régnait une totale liberté sexuelle, de pensée, de tout, y compris d'oppression. Il s'agissait de porter l'expérience du pouvoir à ses limites maximales.

– *Et cela ne te faisait pas peur ?*

– Je voyais tout cela sans finalement y croire, ou bien je n'en voyais alors que le côté positif. J'étais une personne très influençable et je constatais de grands changements dans ma vie et dans celle des autres membres de cette secte. Plus tard, j'ai commencé à me rendre compte que ce qui sépare la magie blanche de la magie noire est quelquefois très subtil. Il s'agit de quelque chose de très concret comme le fait que, dans la magie noire, tu essaies d'intervenir dans le destin d'autrui.

C'est cela la barrière, la limite et l'abîme. Tu peux entrer dans une église, allumer un cierge à Notre-Dame et dire : « Je veux me marier avec telle personne. » Dans ce cas, tu fais déjà de la magie noire, même si tu te trouves dans une église catholique. Ou bien tu peux te rendre à un carrefour et y poser de la nourriture pour les démons pour leur demander d'améliorer ton état, parce que tu ne te sens pas bien. Ça c'est de la magie blanche, parce que tu ne tentes pas d'influer sur le destin d'autrui. Le problème c'est d'être capable ou non d'intervenir dans la vie des autres. Mais il vaut mieux que tu me poses des questions, parce que tout cela est très délicat pour moi.

– *Ne t'inquiète pas. Raconte-moi les choses comme elles viennent.*

– Tout cela avait une grande valeur symbolique à mes yeux, c'était comme des symboles en mouvement. Alors, Raúl et moi avons décidé de mettre notre musique au service de cette société secrète. Derrière les paroles des chansons figuraient les déclarations de principe de la secte, bien que de façon très subliminale. C'étaient des sortes de mantras, totalement techniques, précis, parfaits ; parce que le mal est très précis.

– *Comment as-tu commencé à voir dans tout cela la domination du Mal ?*

– À ce moment-là, je n'y voyais pas encore une expérience du Mal, j'y voyais la révolution, parce que Crowley se présentait comme l'ouverture de l'Apocalypse : « Je suis la vie, je suis la vie attendue, je suis venu pour transformer toute la société. » Je trouvais ces expériences bonnes et positives. Et je réalisais une série de rituels, même si je résistais à certains, parce que je ne voulais pas renoncer à toutes les dévotions de mon enfance, comme à l'ange gardien ou à saint Joseph.

– *La secte était-elle très antireligieuse ?*

– Oui, totalement. Moi aussi j'étais anticatholique, comme je l'ai dit, j'avais abandonné la foi de mes parents mais, intérieurement, je n'avais pas renoncé à certaines choses de mon ancienne foi.

– *Quand as-tu commencé à prendre conscience que cette secte incarnait le Mal ?*

– Un jour, avant que j'aille en prison – j'ai les numéros de téléphone de témoins que tu peux interroger –, je me trouvais chez moi quand, soudain, tout a commencé à s'obscurcir. Ce jour-là, j'étais occupé à une activité concrète, je ne sais plus laquelle. La femme sans nom n'était pas là, et j'ai pensé que c'était sans doute l'effet d'une drogue particulière que j'avais prise autrefois. J'avais alors abandonné les drogues ; c'était en 1974, je prenais encore un peu de cocaïne, mais plus de psychotropes.

– *Et que t'est-il arrivé concrètement ?*

– Il était très tôt, j'ai commencé à voir tout noir et j'ai eu la sensation que j'allais mourir. C'était un noir physique, visible. Ce n'était pas mon imagination, c'était un phénomène tangible. Ma première impression a été que je mourais.

– *Comment était ce noir ? Pouvais-tu voir quelque chose ?*

– Oui, parce que le noir n'occupait pas tout l'espace, seulement une partie. C'est comme si tout d'un coup la bougie qui est là faisait de la fumée et que cette fumée envahissait la maison, une fumée très noire qui se concentrait et qui par moments ne te laissait quasiment plus rien voir, mais qui surtout produisait un sentiment de panique.

– *Y avait-il d'autres phénomènes ? Ou était-ce seulement de la fumée ?*

– Non, il y avait en même temps une série de bruits que je ne saurais pas décrire, qui accompagnaient la formation de cette fumée noire, et c'était sans doute là le pire de tout.

– *Étais-tu avec quelqu'un ou seul ?*

– J'étais seul. L'appartement m'appartenait, je me croyais riche, j'étais heureux. Mais cette obscurité qui occupait la moitié de l'espace du sol au plafond me terrorisait et a fini par me faire perdre tout contrôle. J'ai été pris de panique, car je constatais la présence du Mal. Dans un premier temps, j'ai établi une relation entre cet événement et la femme que je fréquentais alors. J'avais vécu avec elle des expériences de suggestion, mais aussi des choses très positives pour moi, même si elles ne l'étaient pas pour les autres.

– Et comment as-tu réagi devant ce phénomène étrange ?

– Je ne me souviens plus si j'ai appelé une personne du groupe ou si une personne du groupe m'a appelé, je crois qu'elle m'a appelé et m'a dit qu'il lui arrivait la même chose qu'à moi. J'ai alors compris qu'il s'agissait de quelque chose de réel, pas d'une hallucination. En outre, cette personne était celle qui connaissait le mieux la secte. Nous ne pouvions pas joindre le gourou ; il n'avait pas le téléphone. À Rio, en 1973, il était très difficile de l'obtenir.

J'étais perdu et très effrayé. J'ai essayé de réagir et je me suis dit : je dois oublier, me changer les idées, je dois m'occuper l'esprit à quelque chose pour ne plus avoir peur. Mais la curiosité était toujours là, elle ne disparaissait pas. Alors, pour me distraire, je me suis mis à compter les nombreux disques que je possédais et que je n'avais jamais dénombrés. Et quand j'ai eu fini avec les disques, j'ai commencé à compter les livres, mais le noir demeurait, immuable.

– Et quand tu as eu fini de compter tout ce que tu avais chez toi, qu'as-tu fait ?

– Comme l'épouvante continuait de me tenir à sa merci, j'ai pensé que la seule solution était de me rendre dans une église, mais une espèce de force m'empêchait de sortir de la maison et j'avais un sentiment très fort de mort imminente. À ce moment, ma femme, qui appartenait à la même secte, est arrivée. Elle venait de subir le même phénomène du noir. Et, peu à peu, nous avons appris que tous les adeptes de la secte vivaient la même chose, y compris Raúl. Je sentais la présence du Mal comme une réalité visible et tangible, comme si le Mal m'avait dit : « Vous m'avez invoqué, me voici. »

– *Depuis combien de temps étais-tu dans cette secte ?*

– À peu près deux ans. Je me suis rappelé qu'en d'autres circonstances, quand ma femme et moi consommions beaucoup de drogue, boire du lait et nous mettre de l'eau sur le visage nous soulageait. Mais à ce moment-là, ni elle ni moi n'avions le courage de traverser cette horrible obscurité pour aller jusqu'à la salle de bains. Finalement, nous avons réussi à y aller, nous nous sommes mis un peu d'eau sur le visage et nous nous sommes sentis mieux. Nous avons même pris une douche, mais quand nous sommes sortis rien n'avait changé, ce noir menaçant et mystérieux était toujours là. C'est alors que m'est revenue à l'esprit toute la religiosité de mon enfance. Le problème n'était pas tant de savoir si j'allais mourir que de constater que cette énergie mystérieuse existait et qu'elle était réelle, visible.

– *Dans certains des rites de cette société secrète, pratiquais-tu l'invocation du Mal ?*

– Toujours, mais en comprenant le Mal comme la grande rébellion, pas comme le Mal.

– *Était-ce une société de type satanique ?*

– Comparés à ce qui se vivait là, les rites sataniques, que je connaissais très bien, n'étaient rien. C'était beaucoup plus dangereux.

– *Plus dangereux que l'Église de Satan ?*

– Beaucoup plus, parce que c'était une secte plus philosophique, plus structurée, plus dangereuse dans ses racines. Nous y réalisions tous les rites conventionnels de la magie, mais c'était le règne du pouvoir pur. Il nous arrivait d'invoquer le Mal et d'obtenir des résultats très concrets, mais jamais un phénomène aussi visible que ce noir qui envahissait ma maison.

– *À quoi vous engagiez-vous à travers ces rites et ces invocations ?*

– À rien. Nous avions tout pouvoir ; le grand jeu du diable est le même que celui de la cocaïne, te faire croire que tu as tout pouvoir ; c'est pourquoi j'identifie l'énergie de la cocaïne à ces pratiques, parce que la cocaïne te donne les mêmes sensations de domination, de sécurité totale, mais ce n'est qu'une apparence. La vérité, c'est que c'est toi l'esclave.

– *Revenons à cette expérience. Comment s'est-elle terminée ?*

– C'était un samedi, vers dix heures du matin. Finalement, j'ai pris la Bible dans mes mains. Je l'ai ouverte au hasard et je suis tombé sur un passage de l'Évangile dans lequel Jésus demande à quelqu'un s'il croit, et l'autre répond : « Oui, je crois, mais aide mon incrédulité. » J'ai lu ce passage et j'ai fait une promesse semblable à celle que j'allais faire peu après concernant la drogue. Je me suis dit : « J'en ai fini avec cette secte pour toujours. » Et tout a disparu. Plus tard j'ai parlé avec mes autres amis de la société secrète et tous avaient vécu la même expérience.

– *Comment as-tu fait pour t'échapper de cette association qui s'était emparée de toi ?*

– Je suis allé parler avec l'un des gourous et il m'a expliqué que c'était un rite d'initiation. Je lui ai dit : « Peu m'importe, désormais je suis en dehors de tout ça. » Mon maître n'était pas là, alors je lui ai envoyé un télégramme. Bien sûr, il était très difficile de le rédiger, parce que nous étions en pleine dictature et tout était censuré. Dans les annales de cette société secrète, il y a beaucoup de références à ma personne, ils ont mes lettres, mes articles, mille choses.

– *Ils ne t'ont jamais poursuivi pour les avoir abandonnés ?*

– Jamais. Mais je ne veux pas plus parler maintenant parce qu'il est minuit passé. Nous continuerons plus tard... Ils ont fait pression sur moi en me démontrant que j'étais un lâche, un idiot, que je savais ce que j'allais perdre. Mais me poursuivre, non. Je ne crois pas ce qu'on dit parfois à la télévision, que les sectes persécutent jusqu'à la mort ceux qui en sortent. Je ne le crois pas.

– *Il y a des sectes qui, apparemment, le font.*

– Dans les véritables sectes, on est content que tu sois là, mais si tu t'en vas il ne se passe rien. Moi du moins, ils ne m'ont jamais poursuivi, et pourtant il s'agissait de l'une des associations secrètes les plus dangereuses et les plus dures qui existent.

– *Malgré cette terrible expérience de la magie noire, tu continues de te considérer comme un magicien. Ne crains-tu pas que d'une certaine manière cela puisse troubler ton image d'écrivain célèbre ?*

– Non, parce que je conçois la magie d'une façon très différente, c'est-à-dire comme une force que nous possédons tous, au moins potentiellement. Être magicien, cela signifie développer un pouvoir cognitif qui n'est pas toujours accepté par le savoir officiel. Un magicien est une personne ordinaire, mais qui est consciente qu'au-delà de la surface des choses existent d'autres réalités, d'autres mouvements, d'autres courants.

Ce qui est caché sous l'apparence des choses, ce langage secret qu'elles possèdent, est invisible, mais aussi réel que l'amour, et pourtant nous ne pouvons pas le toucher.

– *Considères-tu cette dimension de la magie comme un pouvoir occulte ?*

– Bien au contraire. Le vrai magicien est celui qui, comme l'a dit Jésus-Christ, doit lutter pour que rien ne soit caché. Sa fonction est de dévoiler ce que le pouvoir tente d'occulter aux gens, de démasquer les sociétés qui jouent avec le secret pour s'emparer de la volonté des êtres en leur offrant un faux pouvoir qui est manifestement destructeur.

Dans notre société, il y a beaucoup de gens qui se servent du secret pour dominer les autres. C'est pourquoi celui qui a le plus de pouvoir est celui qui contrôle la plus grande quantité d'informations. J'ai vu une œuvre, une pièce de théâtre je crois, dans laquelle une révolution a lieu dans un pays, où celui qu'on nomme ministre de la Culture est précisément le censeur, puisque c'est lui qui connaît tout, car il contrôle tout. Le vrai magicien est celui qui ne se laisse pas dominer par les castes de ceux qui affirment tout savoir, parce qu'ils croient détenir tout le savoir du monde.

– *Une chose est certaine, beaucoup de gens craignent la magie.*

– Et ils font bien, parce qu'elle peut être très dangereuse. Je pourrais la comparer à l'énergie nucléaire, tout dépend à quelles finalités tu l'utilises. Avec elle, tu peux créer la bombe atomique ou engendrer la lumière. C'est pourquoi toute l'énergie nucléaire n'est pas bonne et toute sorte de magie non plus. Il faut savoir distinguer.

– *Il reste une question à laquelle tu n'as pas répondu. Crois-tu en la personnification du diable ?*

– Je crois en la personnification du démon artificiel.

– *Que veux-tu dire par là ?*

– Qu'il y a un démon qui est le bras gauche de Dieu et un autre qui est le produit de l'inconscient collectif qui le personnifie. Qu'est, par exemple, la parole ? C'est la personnification d'une pensée. Et, de la même façon que tu personnifies l'amour, en prononçant le mot amour, tu peux aussi personnifier le diable en l'invoquant. Mais au moment où tu allumes la lumière tu le détruis, car il n'a pas d'autre pouvoir que celui que toi-même tu lui donnes.

– *Tu as vu pourtant de tes yeux la personnification du diable.*

– Parce que je lui ai d'abord concédé ce pouvoir. Mais aujourd'hui il n'a plus de prise sur moi, je la lui ai refusée. Maintenant, j'aimerais parler d'autre chose...

démon qu'il te présente ? Qu'est-ce que la pensée ? C'est la personnification d'une pensée. De la même façon que tu personnifies l'amour en prononçant le mot amour, tu peux aussi personnifier le diable en l'invoquant. Mais au moment où tu allumes la lumière il disparaît, car il n'a pas d'autre pouvoir que celui que ton mental lui donne. »

« Avec un psychologue, tu vois la personne avant argentée.

Parce que je lui ai d'abord concédé ce pouvoir. Jusqu'aujourd'hui, il y a plus de puissance sur moi que je lui ai refusée. Maintenant, j'aimerais parler d'autre chose.

7

Les drogues

« Ce n'est pas vrai que la drogue est une horreur, comme le dit la publicité. La drogue est mauvaise parce qu'elle est fantastique. »

« La cocaïne est la drogue du diable, parce qu'elle te fait croire que tu es omnipotent. »

Certains amis de Coelho ont tenté d'occulter un autre chapitre douloureux du passé de l'écrivain : son passage par les drogues. Ou bien ils ont tenté de le minimiser, comme si les drogues avaient été dans sa vie une aventure éphémère, insignifiante. Lui n'est pas d'accord. Il ne veut pas esquiver cette part obscure de son passé, qui l'a mené au bord de la mort, comme il le raconte ici avec une terrible sincérité. Il a été tellement échaudé par son expérience qu'il se considère aujourd'hui dans ce domaine comme un conservateur, et s'oppose à la dépénalisation des drogues. Mais il critique aussi la politique anti-drogue d'une certaine publicité, parce que, selon lui, affirmer à un jeune que la drogue est horrible est une tromperie. C'est une tromperie, dit Coelho, parce que ce n'est pas vrai. Au contraire, la drogue est extrêmement dangereuse et il est difficile d'en sortir, précisément parce qu'elle est attirante. Et les jeunes doivent savoir qu'une substance qui produit des effets aussi agréables finira par les transformer en loques humaines incapables d'exercer leur volonté.

– *Qu'est-ce qui t'a conduit à abandonner les drogues définitivement ?*

– On ne laisse pas les drogues d'un jour à l'autre.

Dans mon cas, cela s'est fait par étapes. Les périodes dures de ma vie, où je m'adonnais à toutes sortes de drogues et d'hallucinogènes, y compris les plus forts et les plus dangereux, je les ai vécues dans les années 1970. Et je m'en suis détourné pour plusieurs raisons, très différentes.

– *Pourquoi es-tu tellement opposé à la publicité actuelle contre les drogues ?*

– Parce que dans ce domaine on commet de véritables énormités, en ce qui concerne aussi bien les drogues que le tabac. À mon sens, le pire que l'on puisse faire est de les diaboliser, de les présenter comme des substances horribles, désagréables, qui n'ont pas de sens. Cela ne peut qu'aboutir à précipiter toute une génération dans les drogues.

– *Pourquoi ?*

– Parce qu'il suffit que l'on essaie de dire aux jeunes que la drogue est mauvaise pour qu'ils se sentent attirés par elle. Je crois beaucoup à la force de la rébellion, car sans elle nous ne vivons pas. Et la jeunesse est rebelle par principe et par physiologie.

– *Pourquoi as-tu commencé à te droguer ?*

– Par rébellion justement, parce que la drogue était interdite et tout ce qui était interdit me fascinait. C'était pour moi et pour les jeunes de la génération de 1968 une manière de contester nos parents. Nous contestions par divers moyens et l'un d'eux était la drogue. J'ai toujours été un homme des extrêmes ne supportant pas les demi-mesures, et je le suis toujours, grâce à Dieu. C'est pourquoi j'adhère à ce qui est dit dans la Bible : « Soyez froids ou bouillants, parce que si vous êtes tièdes, je vous vomirai de ma bouche. »

Je t'ai dit que j'aimais être guerrier de la lumière, entreprendre des batailles, et il m'est très difficile de concevoir un univers en harmonie. Pour moi, le soleil est un symbole qui illustre ces propos. Le soleil, qui est vie et qui nous éclaire, n'est en réalité pas du tout harmonieux, c'est une grande explosion atomique, et si nous nous en approchions nous mourrions.

– *Tu as donc pénétré le monde de la drogue par rébellion, parce que c'était interdit et que cela signifiait contester la société corsetée de l'époque. Mais pourquoi l'as-tu abandonnée ?*

– En premier, par peur. J'étais allé très loin : cocaïne, hallucinogènes, LSD, peyotl, mescaline, et d'autres produits pharmaceutiques. J'ai laissé les plus forts, je n'ai gardé que la cocaïne et la marijuana. Pourtant aujourd'hui la cocaïne est le diable à mes yeux, c'est l'énergie satanique qui te procure la fausse impression de te sentir omnipotent alors qu'elle te détruit et te retire ta capacité de décision.

– *Mais à ce moment-là tu ne t'en rendais pas compte.*

– Non, je consommais de la cocaïne sans arrêt et il ne se passait rien. J'en prenais avec mes amis. Curieusement elle ne produisait pas sur moi de grands effets. Je trouvais cela fantastique, j'avais l'impression d'acquérir un immense pouvoir, je ressentais une grande sensation de force et de bien-être.

– *Tu as cependant souffert d'une terrible sensation de paranoïa.*

– En effet, à l'époque où je suis sorti de prison pour la troisième fois, ma paranoïa était telle qu'il m'était devenu impossible de vivre ici, à Rio de Janeiro. Je sortais dans la rue et je me croyais suivi, je parlais au téléphone et j'étais persuadé qu'on m'écoutait. Je me souviens avoir pensé, pendant la Coupe du Monde, en 1974, que je pouvais sortir dans la rue parce que le Brésil jouait contre la Yougoslavie. J'imaginais que toutes les rues seraient vides pendant que tout le monde regarderait le match, à commencer par les militaires, et que personne ne me suivrait. Je me suis dit : « Ou bien je sors aujourd'hui ou bien je ne ressortirai plus de ma vie. » J'avais une peur bleue.

Je suis donc sorti et les rues étaient désertes. Je regardais à chaque angle et je me disais : « Si quelqu'un me suit, je vais le voir tout de suite. »

Mais à un moment ma paranoïa était devenue telle que je ne pouvais plus vivre comme cela. J'ai donc décidé de partir aux États-Unis. J'ai abandonné tout le monde, tous mes amis, j'ai été très déloyal avec eux. Seul Raúl, très atteint lui aussi, a fini par partir à New York avec moi.

– *Et là-bas, as-tu continué à te droguer ?*

– Oui, la cocaïne était la drogue à la mode, même si sur moi elle ne provoquait toujours pas de grands effets, excepté ce sentiment mêlé de paranoïa et d'omnipotence.

– *Tu es donc allé à New York où tu as pu expérimenter toute la dangerosité de la drogue.*

– Oui, je m'en souviens parfaitement, c'était le jour où Nixon a démissionné de la présidence des États-Unis, le 8 août 1974. J'avais là-bas une petite amie, nous vivions dans le Village et nous nous bourrions de cocaïne tous les deux. Pour la première fois, alors que j'en prenais depuis un an, j'ai vraiment constaté tout le pouvoir destructeur de cette drogue. Ce jour-là, je l'ai vécu avec une intensité extraordinaire. Nous avons appris la démission de Nixon et ensuite nous sommes allés faire un tour à Time Square, puis dans une discothèque. Quand nous sommes rentrés à la maison – curieusement, nous n'avons pas fait l'amour –, je suis resté jusqu'à neuf heures du matin sans pouvoir dormir. Je me souviens que ma copine était nue sur le lit. À ce moment-là, j'ai eu une inspiration. Je me suis dit :

« Si je continue comme ça avec la cocaïne, je vais me détruire. » J'ai regardé par la fenêtre, et la rue était vide. Ce n'était rien de concret, c'était la sensation très forte d'avoir pris la route qui me conduisait à la mort. Jusque-là je me sentais tranquille, et même si je voyais beaucoup de mes amis détruits par la drogue, elle ne me faisait pas autant d'effet. Mais ce jour-là j'ai eu conscience que si je n'arrêtais pas j'allais finir comme eux...

– *Et tu as décidé de laisser tomber.*

– Oui, devant ma petite amie nue sur le lit, j'ai fait un serment, ce que je fais très rarement. Je me suis dit : « À partir d'aujourd'hui, plus jamais de ma vie je ne prendrai de cocaïne. » Et en matière de drogue il est très difficile de dire : « Plus jamais. »

– *Es-tu resté fidèle à ton serment ?*

– Jusqu'à ce jour, oui. Je n'ai gardé que la marijuana, pour un moment. Mais j'ai respecté mon serment d'abandonner pour toujours la cocaïne. Je n'ai rien promis en ce qui concerne le tabac et je continue de fumer, même si je sais que cela ne me fait pas de bien. Mais des drogues, plus jamais. C'est pour cela que ce 8 août 1974, jour de la démission de Nixon, a été très important pour ma vie future.

– *Tu as fini par laisser aussi la marijuana.*

– Oui, je me trouvais avec ma femme, Cristina, à Amsterdam. Je me suis peu à peu rendu compte que la marijuana me produisait toujours la même sensation, qu'au fond ce n'était rien, que cela ne valait pas la peine de continuer et qu'il valait mieux l'abandonner. Depuis ce moment, c'était en 1982, je n'ai plus pris aucune drogue illicite.

– *Pourquoi crois-tu qu'aujourd'hui les jeunes continuent à courir après la drogue ?*

– Pour la même raison que nous le faisions, je crois, même s'il se peut qu'il y en ait aussi d'autres : parce que les adultes la présentent comme quelque chose de terrible. Après les jeunes fument un joint et ils se rendent compte que cela n'a rien d'horrible, qu'ils font même mieux l'amour.

– *Que faudrait-il leur dire alors ?*

– Que la drogue est dangereuse parce qu'elle produit des effets tellement fantastiques qu'on ne se rend plus compte qu'elle te détruit petit à petit, annihilant ta volonté, te transformant en automate et en esclave, incapable de décider par toi-même dans la vie. C'est pourquoi je dis qu'elle est diabolique : c'est un piège, un grand mensonge. À l'époque où je vivais avec cette femme qui a été séquestrée et torturée avec moi, nous restions parfois sous l'effet de toutes sortes de drogues. Nous étions désaxés. Nous partions aux États-Unis en emportant la drogue dans nos valises, au risque d'aller en prison. Cela nous était égal, nous ne réfléchissions absolument pas.

Je ne sais pas où j'aurais fini si j'avais continué sur cette voie. Probablement comme ont fini certains malheureux amis...

J'ai dit et répété que la cocaïne était la drogue du diable, très dangereuse. Mais la plupart des gens qui mettent les jeunes en garde contre la drogue parlent sans savoir, pas en connaissance de cause. Ils ne l'ont jamais essayée. Et leur discours se montre ainsi hypocrite et irresponsable.

(Cristina intervient dans la conversation pour raconter qu'elle a vu une publicité contre la drogue montrant une espèce de lézard qui entrait dans le nez d'une personne et lui dévorait le cerveau. Elle l'opposait à une autre publicité, plus sérieuse, qu'elle avait vue en Angleterre, dans laquelle on donnait des conseils à ceux qui prenaient de la drogue pour qu'elle leur fasse le moins de mal possible, tant qu'ils n'arrivaient pas à en sortir.)

– Je trouve cela génial. Il faut que j'en parle à un de mes amis qui travaille dans la publicité. Ce que l'on ne peut pas faire, c'est tromper les jeunes. Et je suis persuadé que la publicité actuelle, plutôt que de freiner l'usage de la drogue, en fait la promotion.

– *Quelle est ta position sur ce thème lorsque tu en parles en public ?*

– Je dis toujours que je suis contre la drogue, parce que j'ai vécu sa dangerosité dans ma chair. Et je suis tellement contre que, sur ce point, je me sens très traditionnel : je ne suis pas d'accord pour qu'on la dépénalise, même si cela peut paraître une contradiction, puisque j'ai dit que la drogue attirait surtout parce qu'elle était interdite. Mais, malgré tout, après ma dure expérience, je préfère qu'elle reste interdite.

8

La conversion

«Les cloches dans ce camp de concentration sonnaient pour moi.»

À trente-quatre ans, après avoir abandonné la plupart de ses aventures de jeunesse, Paulo Coelho a entrepris un voyage avec sa femme Cristina à la recherche d'un nouveau chemin spirituel. Au cours de ce voyage, à l'endroit le plus impensable, dans le camp de concentration nazi de Dachau, il a vécu une expérience spirituelle très forte qui devait le ramener définitivement vers le catholicisme. Cette révélation a sans doute été très intense puisque, tandis qu'il la relatait pour ce livre, au petit matin, presque vingt ans plus tard, Coelho n'a pas résisté à l'émotion et il nous a fallu interrompre l'enregistrement parce qu'il éclatait en sanglots.

– *Tu avais trente-quatre ans lorsque tu as décidé de devenir, enfin, une personne sérieuse et équilibrée.*

– Trop de choses s'étaient passées et j'avais commis trop de folies dans ma vie. Ma « femme sans nom » m'avait abandonné. Mon troisième mariage, avec Cecilia, était aussi terminé. En 1981, j'ai épousé Cristina. Puis j'ai perdu mon travail chez Polygram ; je n'avais pourtant pas de problèmes économiques, j'étais propriétaire de cinq appartements et j'avais à la banque, à l'époque, dix-sept mille dollars. J'ai commencé à ressentir de nouveau de la curiosité pour quelque chose que j'avais écarté totalement de ma vie, dont j'avais perdu le contrôle. Et je suis reparti en voyage.

J'étais très peu satisfait et j'ai dit à Cristina : « Écoute, j'ai trente-quatre ans, bientôt je serai très vieux, alors nous allons vivre, nous allons parcourir le monde, nous allons chercher le sens de la vie, retourner dans des endroits où je suis allé quand j'étais jeune. » Nous avons ainsi entrepris un grand voyage.

Nous sommes allés dans différents pays, entre autres en Allemagne et dans les pays communistes. Je gardais mes idées socialistes et je voulais connaître de près cette réalité. Nous avons acheté une voiture en Yougoslavie, et de là nous sommes revenus en Allemagne, parce que la sœur de Cristina vivait là-bas, et que sa fille, Paula, venait de naître. Ce fut un voyage fantastique, plein d'aventures. Nous sommes arrivés en Allemagne, ma belle-sœur vivait à Bonn, mais nous sommes restés à Munich, parce que j'avais toujours eu une grande curiosité pour la Seconde Guerre mondiale.

– *Et c'est en Allemagne que vous êtes allés visiter un ancien camp de concentration.*

– Oui, comme je n'étais jamais allé dans aucun de ces camps, j'étais très curieux de le visiter. Nous sommes allés à Dachau. C'était un dimanche et, je ne sais pourquoi, je crois que ce jour-là nous sommes allés à la messe. Ensuite, nous sommes arrivés à Dachau, nous avons garé la voiture, il n'y avait personne. C'était en février, il faisait zéro degré et un vent glacé nous transperçait le visage. Nous sommes entrés. Dans le musée, il n'y avait personne non plus, même pas le gardien ; nous l'avons visité et j'ai commencé à me sentir très profondément ému.

– *C'est vrai, la première fois qu'on entre dans un de*

ces camps, on sent le sang se glacer. Je me souviens d'une visite à la cellule de la mort à Auschwitz, en Pologne, et de ma vie je n'oublierai jamais cette impression.

– J'avais seulement l'expérience des films, mais la réalité n'a rien à voir, elle est beaucoup plus profonde et horrible. Dans une salle se trouvaient des gens qui avaient perdu là un de leurs proches et cela m'a particulièrement impressionné, parce que si le camp c'était le passé, cette scène était bien le présent. Ensuite nous avons visité la maison du gardien du camp et un petit baraquement. Tout cela était désolant. Et en sortant, à gauche, le contraste : une végétation exubérante, une rivière, et les vieux fours crématoires.

– *Je n'ai pas eu le courage d'entrer dans les fours. Je les considère comme des lieux maudits, la dégradation de l'humanité.*

– Quelle horreur ! me suis-je exclamé, et mon imagination a commencé à fonctionner. Je me suis enfermé dans les toilettes, seul, pour réfléchir à ce que j'étais en train de vivre. Il y avait une lumière différente, très belle, une lumière du matin, un contraste total.

– *Les contrastes des camps de concentration dont tu parles provoquent des frissons. Je ne peux pas oublier qu'à Auschwitz, près d'un des tuyaux rouillés d'où avait dû sortir l'eau au temps de l'horreur, une petite fleur sauvage avait poussé, peut-être autour d'une goutte d'eau qui s'était écoulée.*

– Quand je suis sorti des toilettes, il était midi pile. Nous avons quitté le camp, ma femme et moi, et nous sommes allés vers la voiture, que nous avions garée près de la petite maison du gardien. À l'extrémité de Dachau, il y a trois chapelles, une catholique, une juive, et l'autre protestante, je suppose. Nous sommes allés à la chapelle catholique, nous avons allumé un cierge et nous nous sommes dirigés vers la voiture ; il fallait faire un long parcours et le froid était terrible.

Pendant que je marchais, les cloches ont commencé à sonner pour annoncer midi. C'étaient les mêmes cloches qui sonnaient pour regrouper les prisonniers.

Mon imagination s'est envolée très loin. Habitué comme écrivain à créer les ambiances, je visualisais les baraquements bondés de prisonniers, j'éprouvais toute cette dégradation de l'homme. Je marchais pour rendre plus légère cette impression épouvantable et à un moment je me suis arrêté et j'ai lu sur le toit de la maison du gardien : « Plus jamais. » Cela m'a tranquillisé momentanément de penser que cela ne se reproduirait plus, parce qu'il était impossible que l'homme puisse répéter cette barbarie.

– *Malheureusement, ce n'était pas vrai.*

– C'est ce que j'ai réalisé tout d'un coup, qu'il n'était pas certain que cela ne se répéterait pas, qu'en réalité cela s'était déjà reproduit et se reproduirait encore. Moi-même j'avais vécu dans ma chair l'horreur d'être torturé par un être humain qui te soumet aux vexations les plus humiliantes sans que tu puisses te défendre. J'ai pensé aux guerres sales, à ceux qui mouraient à ce moment même au Salvador. J'ai pensé aux mères de la place de Mai, en Argentine, qui subissaient les mêmes horreurs, aux militaires qui jetaient les innocents du haut des avions, et à toutes les atrocités perpétrées dans les salles de torture des dictatures.

– *Et tu t'es rendu compte que l'homme est toujours aussi fou et misérable.*

– Tout d'un coup m'est venu un désespoir, une impuissance et une sensation épouvantable d'inutilité absolue. J'ai pensé : ces salauds d'êtres humains n'apprennent rien; nous sommes condamnés à répéter les mêmes horreurs, ce qui s'est passé en Allemagne en 1945 se produit maintenant sur mon continent. En même temps, je pensais aussi qu'il n'était pas possible que l'homme n'apprît pas les leçons du passé. Et j'ai commencé à me répéter les propos d'un autre écrivain, qui avait dit qu'« aucun homme n'est une île ». La phrase exacte est, je crois : « Un homme n'est pas une île. » Dans quel livre l'avais-je lue ? Peu à peu m'est revenu à la mémoire tout le paragraphe : « Quand l'Europe perd un morceau de terre, quand un homme meurt, nous mourons tous. » Je ne sais plus qui en était l'auteur. Je me rappelais tout le passage par cœur, et aussi la dernière phrase : « Ne me demande pas pour qui sonnent les cloches, elles sonnent pour toi. »

Quand j'ai repris mes esprits, je me trouvais au milieu d'un camp de concentration avec les cloches qui sonnaient et j'ai ressenti une grande émotion : j'ai compris soudain, comme dans un moment d'illumination, que ces cloches sonnaient pour moi.

(Là il a fallu interrompre l'enregistrement parce que Paulo Coelho s'était mis à pleurer. Après quelques secondes, comme s'il voulait minimiser l'importance de son émotion, il m'a demandé pardon et il a dit : « J'avais peut-être trop bu. »)

– Et ce ne fut pas un acte symbolique, parce qu'à l'instant où j'ai découvert que les cloches sonnaient pour moi et que moi aussi je devais faire quelque chose dans ma vie pour arrêter cette horreur d'une humanité qui ne corrige pas ses folies, j'ai entendu une voix et j'ai vu une personne, je l'ai vue et elle a aussitôt disparu. Je n'ai pas eu le temps de lui parler mais son souvenir est resté parfaitement gravé en moi.

– *Et qu'as-tu fait?*

– Je suis retourné vers la voiture, j'ai raconté l'histoire, j'ai pleuré; mais comme c'est la tendance de tous les êtres humains, le lendemain j'avais déjà oublié, je ne savais plus pour qui sonnaient les cloches, je pensais que cela avait été une expérience de plus dans ma vie.

– *Mais ce n'était pas cela.*

– Non. Deux mois ont passé, nous avons poursuivi notre voyage, et puis un jour, à Amsterdam, nous avons décidé de nous arrêter dans un hôtel qui n'existe plus, parce que c'était un hôtel illégal, mais il était très bon marché et fantastique. C'est là que j'ai annoncé que j'allais cesser de fumer de la marijuana et que Cristina a pris sa première et dernière dose de LSD. Il y avait un bar dans la partie inférieure de l'hôtel. J'y prenais un café avec Cristina quand est entrée une personne qui venait aussi boire un café. Je me suis dit: «Cette personne, je la connais mais je ne sais pas d'où.» Puis je me suis souvenu que je l'avais vue dans le camp de concentration. J'ai pris peur, pensant qu'elle pouvait être à ma poursuite à cause de mes expériences de 1974, quand j'étais dans la magie noire. Mais en même temps je ressentais de la curiosité et je pensais que si je ne l'abordais pas, elle risquait de s'en aller et que je ne la reverrais pas.

– *Et tu l'as abordée.*

– Oui, je me suis levé et j'ai dit à cet homme: «Je vous ai vu il y a deux mois.» Il m'a regardé et m'a répondu en anglais: «Vous êtes fou? – Non, non, je ne suis pas fou, je vous ai vu il y a deux mois», ai-je répété. J'étais un peu bouleversé, parce que toute l'expérience du camp de concentration me revenait soudain. En même temps, même si je ne l'avais jamais cru, je pensais aux dires de ceux qui affirment que les sectes poursuivent parfois ceux qui les abandonnent. Cet homme m'a dit : « Assieds-toi ! », et il a commencé à me poser une série de questions. Pendant qu'il m'interrogeait, j'étais de plus en plus convaincu que c'était lui que j'avais vu dans le camp comme une apparition.

– *Et lui, que t'a-t-il dit ?*

– Il m'a dit : « Tu vois, peut-être que tu m'as vu, mais ce serait dû à un phénomène qui s'appelle la projection astrale, parce que tu n'as pas pu me voir auparavant. Ce sont des choses qui arrivent quand on prend des hallucinogènes. » Alors je lui ai présenté des excuses pour qu'il ne s'en aille pas, je sentais au fond de moi qu'il s'agissait d'une personne importante dans ma vie. Il a continué de me parler de la projection astrale, pour finir par dire : « Je crois que tu as quelques problèmes que tu n'as pas encore résolus, si tu veux, je t'aide. Je travaille dans une multinationale, je m'appelle Jean ; si tu veux, je peux te donner un coup de main, mais tu dois me dire sincèrement si tu désires ou non que je t'aide. » Je lui ai répondu que je devais y réfléchir. « Je prends toujours le café ici, à cette heure, tu me donneras une réponse demain, mais si tu attends après-demain je considérerai que tu ne désires pas mon aide, a-t-il ajouté. Tu as vingt-quatre heures pour réfléchir. »

Je ne savais pas si cette personne me voulait du bien ou du mal. Je me sentais perdu. J'ai parlé avec Cristina, je n'ai pas dormi de toute la nuit. J'étais dans une grande confusion.

– *Finalement qu'as-tu décidé ?*

– D'accepter. Et là a commencé une nouvelle phase de ma vie, avec mon retour vers l'Église catholique. Cet individu appartenait à l'ordre catholique RAM (rigueur, amour, miséricorde), qui a plus de cinq cents ans. C'est lui qui m'a parlé de toute la tradition, de l'ancrage symbolique dans une Église. Il avait été très longtemps au Vatican. Dès lors j'ai commencé à m'intéresser à cette vieille tradition catholique, à la tradition du serpent, jusqu'au jour où il m'a emmené en Norvège et m'a donné cet anneau, que je porte encore, avec les deux têtes de serpent. J'ai commencé à apprendre le langage symbolique, qui n'est pas l'ésotérisme chrétien, mais l'étude chrétienne des symboles.

– *L'Église l'accepte-t-elle ?*

– C'est une tradition très ancienne.

(À ce moment précis, Cristina a découvert une petite plume d'oiseau sous la table autour de laquelle nous conversions, la table de la salle à manger de la maison. Elle l'a ramassée et l'a offerte à son mari. « Qu'est-ce que c'est ? – Une plume blanche d'oiseau. » Ému, Coelho a remercié sa femme et m'a expliqué que, pour lui, la présence soudaine de cette plume à un endroit inattendu était le signe qu'un nouveau livre de lui était sur le point de voir le jour. Et nous arrivions à la fin de nos conversations.)

– *L'entrée dans l'ordre de RAM t'a réconcilié avec le catholicisme, mais il s'agit d'un ordre peu connu. A-t-il beaucoup de membres ?*

– Les adeptes de cet ordre en parlent peu. Il s'agit d'un ordre fondé il y a plus de cinq siècles, dans l'Église catholique. On y transmet un langage symbolique, à travers une tradition plutôt orale, mais il n'a rien de secret. Le RAM est davantage une pratique du sacré qu'une théorie de celui-ci. C'est pourquoi nous sommes un très petit groupe, qui, de fait, n'est toujours composé que de quatre disciples.

9

L'écrivain

« Mon processus de création littéraire ressemble à celui de la femme enceinte qui doit donner naissance à une nouvelle créature. »

« Pour trouver l'inspiration, j'ai besoin de faire l'amour avec la vie. »

Aujourd'hui Paulo Coelho est avant tout reconnu comme écrivain. Mais cette dimension littéraire, beaucoup de critiques s'acharnent à la lui refuser, cataloguant ses livres au rayon Ésotérisme ou Développement personnel. Coelho revendique le droit d'écrire simplement pour atteindre tous les publics. Il se considère comme un conteur d'histoires et estime que dans une librairie ses livres doivent se trouver dans les rayons de littérature ou de philosophie. À ceux qui lui font remarquer que l'on peut trouver des fautes de grammaire dans ses livres, il répond ironiquement que certains critiques en ont trouvé aussi dans le Quichotte *de Cervantes. Ce que personne ne conteste, c'est qu'il figure parmi les dix écrivains les plus achetés dans le monde, avec plus de vingt-deux millions d'exemplaires vendus, bien que sa production soit assez récente et ne compte qu'une douzaine de titres. En quelques années, Coelho a vendu plus que Jorge Amado au cours de sa longue vie. Il évoque ici son processus de création, affirmant que pour écrire il a besoin de faire l'amour avec la vie.*

– *Pourquoi sens-tu la nécessité d'écrire ?*

– La seule façon, me semble-t-il, de partager notre amour personnel, c'est le travail, et le mien c'est l'écriture, comme celui du chauffeur de taxi est la conduite.

– *L'écriture s'est-elle imposée à toi ou bien l'as-tu choisie ?*

– Je l'ai choisie d'autant plus que j'en avais rêvé toute ma vie. J'avais toujours poursuivi cette idée, parfois en dépit du bon sens, en me trompant très souvent, mais la force de ma volonté, qui a toujours été ma devise, a triomphé.

– *Tu as dit que pour écrire tu avais besoin de te relier au centre de l'énergie. Qu'est-ce que cela signifie ?*

– J'aime recourir aux termes de l'alchimie, qui est l'âme du monde, ou à ceux de l'inconscient collectif de Jung. Tu te relies à un espace qui contient tout.

– *Borges parle beaucoup de cela.*

– Borges l'appelle l'Aleph, le point où toutes choses convergent. L'Aleph est un mot juif, de la kabbale, c'est la première lettre de l'alphabet. C'est le point qui renferme tout en même temps. Dans la nouvelle de Borges qui s'appelle précisément *L'Aleph*, un homme marche, trébuche et tombe et, sans le vouloir, il entre dans ce point de l'espace dans lequel il voit tout en même temps : toutes les personnes, toute la forêt, tous les fleuves, tous les univers.

– *C'est l'expérience que tu vis quand tu écris ?*

– Lorsque tu écris, il t'arrive de te sentir fatigué et de continuer par discipline, mais à un certain moment, sans savoir pourquoi, tu te relies à quelque chose qui te donne du plaisir, c'est comme une source d'énergie, et alors le temps coule rapidement. Je crois que c'est dans ce moment de création que l'homme communique avec ses semblables.

La vie a pour moi ce caractère symbolique très

important, car nous sommes des symboles, nous ne sommes pas seulement des êtres humains.

– *Tu aimes beaucoup le symbole de l'eau.*

– Peut-être parce que j'ai toujours ici devant les yeux, que je travaille ou que je me repose, ce magnifique océan Atlantique et cette superbe plage de Copacabana. L'eau est extrêmement symbolique, c'est l'un des éléments fondamentaux de la vie et de la création. Dans la mer, il y a ce moment de conflit où se forment les houles. C'est alors que nous distinguons la mer de la terre, et c'est dans cette zone, parfois calme, parfois en mouvement, parfois fatale, que se trouve la zone de la création.

Je respecte beaucoup le mystère. Je sais que des choses se produisent, mais nous ne savons pas pourquoi et il faut respecter cette zone obscure.

– *Il t'arrive de commencer à écrire un texte, puis tu as des remords, et tu l'abandonnes ou tu le détruis.*

– C'est vrai. Lorsque je commence à écrire, je ne sais pas si je fais bien ou si je fais mal. J'écris avant tout pour moi, puisque je suis mon premier lecteur. Autrefois j'avais l'habitude de donner mes livres à lire à d'autres avant de les publier. Maintenant, non. Je me débrouille seul. Et quand je me rends compte qu'un texte que je suis en train d'écrire ne fonctionne pas, je l'abandonne. Cela m'est arrivé récemment avec un livre que j'avais entrepris sur les gitans. À un certain point je l'ai abandonné.

– *À quoi reconnais-tu qu'un texte ne fonctionne pas ?*

– Je constate que ce n'est pas sincère, que cela ne coule pas. Je le sens en moi.

– *Comment choisis-tu les thèmes des livres que tu écris ?*

– Je suis un écrivain politiquement engagé dans mon époque, et ma grande quête a toujours été la quête spirituelle, c'est pourquoi cette problématique est toujours présente dans mes livres. Il fut un temps où j'estimais que je pouvais répondre à toutes les questions qu'on me posait, mais maintenant je me rends compte que ce n'est pas possible, outre que c'est ridicule. Je pourrais avoir des explications pour tout, empruntées aux maîtres et aux gourous, mais elles ne viendraient pas de moi. La vérité, c'est que nous restons un mystère, et ma seule certitude, c'est que nous devons donner le meilleur de nous-mêmes. C'est la seule chose qui peut nous satisfaire. Si tu n'agis pas avec sincérité dans ta vie, tu te trompes toi-même et tu trompes les autres, même si ce n'est pas pour très longtemps, parce que l'empire du Mal a aussi sa logique.

– *Quel est le processus de création qui te conduit à la production d'un nouveau livre ?*

– Je vais te donner un exemple graphique. Je viens de rentrer du Japon, où je suis allé plusieurs jours signer des livres. J'ai vu là-bas un objet curieux servant à effrayer les cerfs, que j'ai rapproché de mon processus littéraire. L'objet en question est un bambou percé d'un trou que l'on remplit d'eau. Lorsque le bambou est complètement plein, l'eau sort et rebondit contre quelque chose, ce qui produit un bruit violent et effraie le cerf. J'ai vu dans cet objet un symbole, parce que nous nous remplissons peu à peu et à un certain moment nous avons besoin de partager. Nous pouvons appeler cela amour ou nécessité de participer à la vie, mais en réalité quand nous faisons quelque chose avec enthousiasme, nous sommes poussés par le besoin de partager.

– *Toi, personnellement, comment te remplis-tu ?*

– Sans réfléchir, par le processus classique de la grossesse, après avoir fait l'amour avec la vie, même si je ne sais jamais qui est le père. Pendant deux ans – l'intervalle habituel entre deux livres –, je ne fais rien, je ne prends aucune note, mais je suis totalement disponible à la vie. Et puis quelque chose entre en moi et me féconde. Ensuite je ressens la nécessité d'écrire.

– *Comment sens-tu que tu es sur le point de « donner le jour » ?*

– Je commence à me sentir, je ne dirais pas contrarié, mais irrité. Alors je me dis : je me sens plein, gravide, prêt à donner le jour.

– *C'est-à-dire que tu dois être ouvert pour recevoir et ensuite t'oxygéner pour manifester ce qui est en toi.*

– C'est précisément la formule classique de l'alchimie, qui se résume ainsi, dissoudre et coaguler. C'est pourquoi il faut ensuite dissoudre et concentrer. C'est comme le mécanisme du cœur, et tant d'autres dans la nature.

– *Une certaine discipline est-elle importante pour toi à l'heure d'écrire ou préfères-tu l'anarchie ?*

– J'aime l'anarchie pour d'autres choses, mais à l'heure d'écrire, la discipline est fondamentale. Cette discipline est ce que m'a donné de plus positif ma formation de jeunesse au collège des jésuites, tellement négative à d'autres égards. En général, quand je m'assois devant mon ordinateur, prêt à commencer un livre, il me vient une paresse énorme. Je me dis : j'ai écrit assez de livres, je suis un écrivain confirmé, pourquoi ai-je besoin de plus ? C'est, bien sûr, une excuse de ma paresse. Les débuts sont toujours difficiles. Ensuite l'histoire se met à couler. Mais lorsque tu te trouves à la moitié du livre, tu n'as plus l'enthousiasme du début et tu sais que tu es encore très loin de la fin. C'est un moment très dur et beaucoup d'écrivains succombent alors.

– *As-tu toi aussi, comme d'autres écrivains, certaines manies à l'heure d'écrire ?*

– Oui, beaucoup. Par exemple, lorsque je commence un livre, je ne peux pas m'interrompre, ne serait-ce qu'un jour, sinon je ne suis pas capable de continuer. Parfois, pour ne pas m'arrêter, au cours de mes voyages, j'écris dans les avions et dans les hôtels. Cette année seulement, j'ai rompu cette continuité pour mon dernier livre, *Veronika décide de mourir*. J'ai dû le laisser pendant toute une saison. Grâce à Dieu, j'ai pu continuer, ce qui indique que, même dans les manies, il y a des exceptions à la règle. Une autre de mes manies est que je dois écrire mes livres ici au Brésil, chez moi, à Copacabana.

– *Pourtant, curieusement, presque tous tes livres s'inspirent de l'Espagne, et aucun encore du Brésil.*

– Voilà un autre de mes paradoxes. Ma passion pour l'Espagne est venue du fait que tout petit j'ai eu une nounou espagnole. Depuis, toute mon imagination s'est tournée vers ce pays, c'est pourquoi un grand nombre de mes ouvrages sont situés en Espagne. Mais, pour pouvoir écrire, j'ai besoin d'une certaine distance et de rester ici, bien que je sois impliqué dans mille problèmes. J'ai besoin, pour créer, de la fatigue du quotidien. En outre, je me sens profondément brésilien, c'est pourquoi j'ai besoin de mon Brésil pour écrire.

– *Que signifie pour toi être brésilien ?*

– C'est vivre dans un bouillon de culture permanent, dans un mélange de races unique au monde, avec des influences africaines, autochtones, japonaises, européennes. Ce mélange de mille choses nous a appris à nous autres, Brésiliens, à être tolérants avec le monde de l'esprit, avec toute la magie qui se manifeste à travers les symboles, essentiellement dans la musique, la danse et la poésie.

– *En Europe, cette tolérance n'existe pas.*

– Ce n'est pas qu'elle n'existe pas, c'est que vous l'avez oubliée. Revenons en arrière dans l'Histoire : quand les nomades sont descendus des montagnes pour construire les premières cités, qui choisissait l'endroit ? et quelles raisons poussaient à choisir un certain lieu pour élever la cité ? Ce n'étaient pas des critères logiques, mais magiques et extraordinaires. Dans la période où Dieu n'avait pas encore de nom, parce qu'il n'était pas dans un lieu concret, il cheminait avec les hommes dans leurs pérégrinations continuelles. Le polythéisme et les noms de Dieu naissent avec la création de la cité.

La cité commence à naître quand l'homme découvre l'agriculture et comprend qu'il peut se nourrir sans avoir besoin de se déplacer continuellement. Il assimile le lent processus du temps nécessaire entre les semailles et la récolte du fruit. C'est précisément cela mon voyage mental en tant qu'écrivain. C'est le moment où l'homme prend conscience de la relation entre l'acte d'amour et la grossesse. C'est pourquoi, lorsqu'on ignorait ce processus, on ne savait pas qui était le père. L'homme peu à peu s'est rendu compte que pour que les choses germent, naissent et croissent, il faut du temps.

– *On se met alors à bâtir des temples autour desquels s'organisent les cités.*

– Le premier mur qui se construit n'est pas celui qui entoure la cité mais celui qui s'élève autour du temple. Ainsi naît la caste sacerdotale, le pouvoir du sacré. Dieu a désormais un nom et un autel et une partie de la population se l'approprie. Ainsi se crée la séparation entre le sacré – le temple, où réside le pouvoir – et le profane, qui est le monde qui se trouve derrière ce mur.

– *Cette division subsiste encore de nos jours.*

– La structure de la cité change, les moyens de transport, les systèmes sociaux et de gouvernement changent, mais le symbole de ce mur, de cette séparation entre le sacré et le profane, reste debout. Une séparation que Jésus brise dans l'Évangile. À la femme samaritaine, il dit qu'un jour viendra où les hommes « n'adoreront pas dans ce temple ou dans un autre mais en esprit et en vérité ». Et dans la parabole du bon Samaritain à laquelle j'ai déjà fait allusion, il loue la conduite généreuse du Samaritain aidant le blessé jeté sur le chemin, alors que les Samaritains étaient les athées, les sans-religion, tandis qu'il critique le lévite, qui était l'homme du sacré, du temple.

Actuellement, beaucoup de gens commencent à comprendre que pour pouvoir jouir du mystère et le greffer dans notre vie, il est nécessaire de briser cette séparation entre le sacré et le profane. Ce mur tombé, le sacré et le profane s'interpénètrent. C'est ce qui se passe au Brésil.

– *C'est précisément la grande différence que les Européens constatent lorsqu'ils entrent en contact avec vous, les Brésiliens.*

– Pourquoi ? Parce qu'au Brésil cette confusion de races et de cultures n'a pas laissé le temps de construire le mur autour de l'autel. À Bahia, les esclaves africains sont arrivés avec leurs rites, ils se sont mêlés aux chrétiens, et le syncrétisme est né. Ce n'est pas toujours positif mais c'est mieux que la domination d'une religion sur les autres. Comme ce mur qui sépare le sacré du profane, le magique du réel ne s'est pas construit, le mystère a pénétré dans tous les domaines. Le sacré est entré dans tout le profane.

C'est pour cette raison que les Brésiliens ne sont pas allergiques à l'esprit et acceptent toute expérience imprégnée de spiritualité et de mystère. Je ne sais pas si tu as remarqué que les seuls footballeurs du monde qui entrent sur le terrain en se tenant par la main, pour se transmettre l'énergie, sont ceux de la sélection brésilienne. Ronaldo est toujours au bout du rang et il doit avoir une main libre pour pouvoir toucher le sol et recueillir ainsi l'énergie du terrain.

– *C'est pourquoi les Brésiliens non seulement sont tolérants envers toutes les manifestations religieuses ou de l'esprit, mais intègrent le sacré dans leur vie à tous les niveaux.*

– Si tu viens à la fin de l'année ici, sur cette plage de Copacabana, à Rio, tu verras un spectacle incroyable. Tu te trouveras au milieu d'un million de personnes, toutes catholiques, qui viennent, vêtues de blanc, jeter des fleurs à la mer, selon d'anciens rites africains. Ici cohabitent toutes les croyances, et les croyants savent les concilier sans problèmes de conscience, comme les théologiens le savent très bien.

C'est ce qui me fait dire que le fait d'être brésilien influe beaucoup sur mon processus de création artistique, parce que ici les gens sont très intuitifs, ils n'ont pas honte de parier sur le spirituel et le magique, ils sont beaucoup plus paradoxaux que cartésiens. Ils sont terriblement humains et ouverts à tout ce qui est mystère.

– *C'est pour cela que tu as choisi de vivre ici.*

– J'ai choisi de vivre au Brésil et concrètement dans cette ville de Rio de Janeiro, qui est la plus merveilleusement transgressive et vivante du monde. Je t'ai déjà dit que j'étais un homme des extrêmes. William Blake a écrit : « La route des extrêmes mène au palais de la sagesse. » C'est ce que je crois. Ainsi, lorsque j'écris un livre, je dirais que je l'écris « à la brésilienne », c'est-à-dire avec passion. À Rio, il y a des endroits plus tranquilles, au milieu des bois, mais j'ai voulu vivre ici, dans le quartier de Copacabana parce que les contrastes sont très forts, entre la mer et la forêt. Tu remarqueras que le pavement qui borde la plage est blanc et noir, et qu'ici la misère et la richesse vivent ensemble, coude à coude. Il y a d'autres quartiers qui sont hybrides. Mais celui-ci a une forte personnalité, et mon esprit s'y trouve à l'aise pour écrire.

– *À propos de la fin de l'année, la passes-tu ici, à Rio ?*

– Non, cela va t'étonner, mais je passe les fins d'année dans la grotte de Lourdes.

– *Comment passes-tu la fin de l'année là-bas ?*

– En 1989, j'y ai passé mon anniversaire tout seul, et j'ai vécu un moment très intense. Aussi, à partir de l'année suivante, j'ai décidé de passer les fins d'année avec ma femme, Cristina, dans la grotte des apparitions. Il fait en général très froid. Il n'y a pas plus de cinquante personnes. Des gens venus d'endroits très différents et avec des sentiments très différents qui se sentent unis par l'atmosphère religieuse d'une simple prière. La première fois, cela m'a beaucoup touché, je suis presque envoûté par la Vierge. C'est ce que je te disais de la religion comme adoration.

– *Que faites-vous pour célébrer le Nouvel An ?*

– Pratiquement, rien. Il n'y a ni joie ni tristesse, seulement la sérénité. Il pleut presque toujours. En général nous dînons avant à l'hôtel, un dîner simple, et après nous nous souhaitons tous une bonne année. Tu vis de très près le mystère de la foi. Une année, je me suis rendu à la grotte le matin, et un monsieur était assis là à méditer. Quand je suis revenu le soir, il était encore là. Peut-être accomplissait-il une promesse, je ne sais pas. La vérité, c'est que tout est très magique cette nuit-là à Lourdes, avec si peu de gens.

– *Mais la dimension magique n'est-elle pas un peu passée de mode dans une société dominée par la production, la consommation, la technologie, la globalisation du marché ?*

– Je vais te dire une chose : toute cette affaire de globalisation des marchés, des Bourses, etc., est ce qui existe de plus magique. C'est cela la magie. Parce que tu ne me diras pas qu'aujourd'hui les économistes comprennent quelque chose. Ils sont perdus. Ils sont incapables de faire une prévision, de planifier quoi que ce soit ; la magie vient des marchés mondiaux, des Bourses, il suffit que l'économie japonaise s'enrhume pour que tout le monde attrape une grippe mortelle. Les économistes subissent tous des effets magiques qu'ils ne savent ni ne peuvent contrôler.

Tous ces gourous de l'économie, ces grands prêtres ont leur religion, leurs dogmes, leurs mystères, leurs secrets, avec lesquels ils jouent pour impressionner les pauvres mortels, mais, en réalité, cette magie des Bourses les laisse nus, sans religion.

– *Mais ne joues-tu pas en Bourse, toi aussi ?*

– Très peu. Et je défie toujours et déconcerte le banquier. Je vais le voir et je lui dis : « Ces actions qui baissent vont monter. » Il m'affirme que non, et moi je certifie que si. Et, quand elles montent, il me demande : « Mais comment le savais-tu ? », et je lui réponds : « Parce que j'ai une intuition féminine, et si elles ont tellement baissé, c'est uniquement parce qu'elles doivent monter. Vous dites que ce n'est pas possible et vous me donnez mille raisons, mais moi je me guide simplement sur le mouvement de la mer, je vois que si la marée descend c'est parce qu'elle doit remonter. » C'est aussi simple que cela.

– *C'est une magie qu'il leur est de plus en plus difficile de contrôler.*

– Ils font seulement des conjectures scientifiques, nous croyons qu'ils savent, mais la vérité c'est qu'ils ne comprennent rien, comme tous ces économistes. C'est comme les forces du Bien et du Mal. Si un jour les forces du Mal décident de dévaluer la monnaie du Brésil et de ruiner son économie, elles le font, et aucun économiste n'est capable d'y remédier, aucun gouvernement n'est capable d'y mettre un frein. C'est pourquoi je me mêle peu de ces choses, je place mon argent sur des livrets de caisse d'épargne et c'est tout.

– *Donc tu crois au Mal ?*

– Bonne question. Je crois en deux sortes de Mal : le naturel et l'artificiel. Le mal naturel, parce que je suis monothéiste, est le bras gauche de Dieu, ce sont des choses qui arrivent. Le mal artificiel, ce sont les choses que nous faisons et projetons dans le temps, parce que c'est un univers symbolique et cela se transforme en réalité. Pour en finir avec les ténèbres, il suffit que tu allumes la lumière, parce que tu ne peux pas allumer les ténèbres.

– *Et après cela, tu dis que tu n'aimes pas les métaphores !*

– Il y a des choses que l'on ne peut expliquer que par des images. Mais pour revenir au mal, ce que nous appelons ainsi, ce sont des choses qui se passent, qu'on ne peut pas comprendre et qui blessent. L'exemple classique est celui de Job.

– *Ne risquons-nous pas, finalement, de justifier la douleur et l'injustice, au lieu de combattre les structures qui les produisent ?*

– Ce danger existe toujours et c'est celui de la quête spirituelle en général. Il faut rester vigilant. Mais je t'assure que je n'ai jamais connu une seule personne suivant sérieusement son chemin spirituel qui justifie la souffrance et qui ne fasse rien pour la combattre dans la mesure de ses possibilités.

– *Il doit sans doute exister des gens qui se vantent d'accorder de l'importance au spirituel et qui, au fond, ne font rien pour changer ce monde injuste ?*

– Il ne faut pas généraliser. Qui a changé ma vie ? Des personnes qui m'ont éclairé par leur exemple, et pour cela elles ont dû être des personnes visibles qui montrent leur vertu sans complexe. Il est dit dans l'Évangile que l'on n'allume pas une lampe pour la mettre derrière la porte mais pour qu'elle éclaire la maison.

Moi aussi, j'ai vu des choses horribles dans ma vie, des personnes qui ont tenté de me manipuler dans le monde de la magie et de la spiritualité, et j'ajouterais même que dans les années 1970, j'ai essayé moi-même de manipuler les gens. Mais, finalement, les gens ne sont pas aussi bêtes que nous le pensons et ils savent faire la distinction entre ceux qui les mènent vers la lumière ou vers les ténèbres. Il y a seulement quelques jours, j'ai vu à la télévision une émission sur les sectes. J'ai horreur des sectes, mais la façon dont a été réalisée cette émission faisait de la peine. On aurait dit que nous étions tous des petits enfants incapables de penser.

– *Pour revenir à ta condition d'écrivain, ne sens-tu pas une responsabilité dans ce qui t'arrive ? Parce que ce sont des millions de personnes qui lisent tes livres, et pas d'une manière passive mais active.*

– La digression que nous avons faite est aussi importante pour permettre à mes lecteurs de mieux comprendre l'écrivain que je suis, car on écrit avec ses sentiments et son vécu. Quant à ma responsabilité, je la sens parfaitement, précisément parce que je vois les effets que mes livres produisent, et parce que je suis conscient de m'être trompé très souvent dans ma vie.

Je sais que je suis un écrivain célèbre, traduit dans le monde entier, très aimé, mais aussi piraté, détesté et haï. Mais présent et vivant. La première question que je me pose en tant qu'écrivain est de savoir si je suis sincère avec moi-même et, jusqu'à présent, il me semble que je le suis. En outre, le fait de devoir parcourir le monde pour parler plusieurs fois d'un même livre, dans des endroits différents, m'oblige à réfléchir continuellement sur ce que j'ai écrit.

– *Est-ce que cela t'ennuie que l'on voie en toi un écrivain mais aussi un gourou ou un maître ?*

– C'est un problème. Parfois, cette frontière entre l'écrivain et le gourou m'inquiète, et je me demande si je suis préparé pour ce défi. Il s'agit d'une bombe dangereuse. Jusqu'à présent je l'ai éludée en me limitant à ma fonction d'écrivain, sur ce que j'ai à dire dans mes livres ; cela a agi comme un catalyseur.

– *Federico Fellini, souvent sollicité pour donner son opinion sur des événements passés ou à venir, se protégeait en répondant : « J'ai déjà tout dit dans mes films. »*

– C'est très joli. La vérité c'est que jusqu'à maintenant je me suis défendu pour ne pas sortir de ma fonction d'écrivain. Il y a cinq ans, j'aurais pu passer ma vie à donner des conférences, des cours, etc., et gagner énormément d'argent. Au Brésil, j'avais vendu six millions de livres, ce qui signifiait des millions de lecteurs. Si j'avais fait payer seulement un dollar pour assister à mes conférences, j'aurais gagné une fortune. Mais je ne l'ai pas fait.

– *Comment prends-tu les critiques que font certains à ta façon d'écrire ?*

– Les critiques doivent faire leur travail et ils nous aident toujours, nous, les écrivains. Je ne me sens jamais blessé personnellement par la critique, car je suis conscient que j'ai décidé d'écrire d'une manière très simple, directe, pour que tout le monde puisse me comprendre. C'est pourquoi quelquefois on dit que je ne sais pas écrire, que je suis trop simple. Il me semble pourtant qu'il n'existe pas une seule façon d'écrire. Chaque écrivain a sa personnalité et ses particularités et chacun écrit pour son public.

Jamais je n'affronte mes critiques ; quand je les

rencontre, je suis aimable avec eux, pas par cynisme ou parce que je ressentirais comme une victoire ces millions de livres vendus, mais parce que je suis sincère. Je ressens beaucoup d'amour et de tendresse pour les personnes simples, qui sont aussi sincères et vraies. Je m'identifie à elles.

– *Tu es très en colère, en revanche, contre certains éditeurs.*

– Je vais t'expliquer pourquoi. Au début, je n'avais aucune expérience et je signais mes contrats non pas par pays mais par langue. Par exemple, mes livres arrivaient en Inde, venant d'Angleterre ou d'Irlande, au prix de quinze dollars, alors que le prix moyen d'un livre est de trois dollars. Et c'est un pays de cinq cents millions d'habitants. Je me suis donc opposé. J'ai imposé que mes livres soient édités dans chaque pays, pour qu'ils soient vendus au prix en vigueur localement et ne soient pas des livres de luxe importés. Il m'est arrivé la même chose en Amérique latine et en Afrique. Je me suis fâché avec mon éditeur portugais, qui envoyait mes livres en Afrique aux prix européens. Je lui ai dit : « Mario, tu es socialiste et tu ne crois pas en Dieu. Moi je crois en Lui, mais ton cœur de socialiste doit comprendre que nous ne pouvons pas vendre les livres en Afrique à des prix aussi élevés. Il faut les imprimer là-bas. » Et maintenant nous avons des livres, par exemple en Angola, en édition populaire.

– *Tu gardes ta bibliothèque cachée, pourquoi ?*

– Je t'ai déjà dit que j'avais une certaine pudeur à faire ostentation de ce que je lis ou ne lis plus. En 1973, j'avais un appartement entier plein de livres. Un jour, en rentrant chez moi, j'ai trouvé toutes les étagères écroulées et j'ai pensé que, si j'avais été là, je serais mort enseveli sous les livres. Je me suis souvenu de Borges, qui s'était demandé devant sa bibliothèque : « Combien de ces livres ne relirai-je pas ? » Je me suis posé la même question : « Pourquoi ai-je tous ces livres, dont je sais que je ne les relirai jamais ? Qui veux-je impressionner ? » Alors j'ai décidé que ma bibliothèque ne dépasserait pas quatre cents livres, ce qui est déjà beaucoup si je veux les relire. Et je ne les ai pas ici, chez moi, mais ailleurs, dans une armoire.

– *Dans tes livres, as-tu l'impression de transgresser ?*

– Pour être écrivain, il faut un peu d'imagination, de transgression, il faut briser les schémas du savoir traditionnel. Je m'efforce toujours de concilier la rigueur et la compassion, ainsi nous avons un minimum de sagesse pour ne pas faire certaines sottises. Mais ce qui n'est pas possible, c'est de tuer l'enfant qui est en nous. Je pense que mes livres sont lus surtout par l'enfant que chacun porte en soi. C'est pourquoi j'écris des histoires qui me plaisent, je ne rédige pas des exposés philosophiques ou de grandes théories ennuyeuses. Si l'on veut savoir ce que je pense de la vie et des choses, alors je parle avec toi comme je le fais dans ce livre, mais si je veux parler des limites de la folie et de la réalité, alors j'écris un roman avec une histoire qui me plaît et tout cela sera dans l'histoire. Mais l'histoire parle à l'enfant, c'est lui le commandant qui parle au cerveau et à d'autres choses.

– *On pourrait t'objecter que la recherche de l'enfant que nous portons en nous est la peur de rencontrer notre part adulte.*

– Et qu'est-ce que cette part adulte ? Qu'est-ce que la maturité ? C'est le début de la décadence, parce que quand le fruit est mûr, ou bien on le mange ou bien il pourrit. Peur de l'enfant qui vit en nous ? Quelle bêtise ! Qui est l'homme qui peut dire qu'il est mûr, adulte, qu'il n'a plus besoin de croire en Dieu, et qu'il est un modèle pour tout le monde ?

Seul un fou peut dire cela. La vérité c'est que nous sommes tous en pleine évolution, que nous mûrissons et naissons à chaque instant.

– *C'est comme ceux qui affirment n'avoir peur de rien.*

– Justement. Dans un de mes livres, un personnage demande ce qu'est le courage. Le courage, c'est la peur qui produit ses prières. J'y crois beaucoup, parce que celui qui n'a pas peur n'a pas de courage non plus. C'est le grand paradoxe ; si je n'ai pas peur, je me jette par la fenêtre ou je me fais renverser par une voiture. L'homme courageux est l'homme qui ressent certaines peurs et ne se laisse pas effrayer par celles-ci.

– *Quelles ont été les idoles de ta jeunesse ?*

– Fondamentalement, un musicien, John Lennon, et un écrivain, Borges. Pour tenter de connaître en personne le grand écrivain argentin, j'ai pris un jour un autocar ici, à Rio de Janeiro, et je suis allé jusqu'en Argentine, tellement j'étais fanatique. J'ai réussi à obtenir son adresse. J'étais parti avec une jeune fille. Nous sommes arrivés à l'adresse qu'on m'avait donnée. On m'a dit qu'il était dans un hôtel près de chez lui. J'y suis allé et je me suis approché de lui. Il était assis. J'avais fait quarante-huit heures de voyage sans dormir pour lui parler, mais quand je me suis trouvé en sa présence, je suis resté muet. Je me suis dit : « Je suis devant mon idole et les idoles ne parlent pas. » Et je ne lui ai pas adressé un seul mot. Ma copine ne comprenait pas. Je lui ai expliqué qu'au fond je voulais seulement voir mon mythe et que j'avais réussi. Les mots étaient de trop.

– *Cette relation très forte t'a accompagné toute la vie.*

– Sans aucun doute. Borges a beaucoup influencé mes ouvrages. J'adore sa prose et sa poésie. Je me sens fier d'être né comme lui le 24 août et sous le même signe, bien que des années plus tard, bien sûr.

– *Préfères-tu sa prose ou sa poésie ?*

– J'adore tout ce qu'il a écrit. Ses poésies, je les ai lues mille fois, j'en connais beaucoup par cœur.

Veux-tu que je te récite un de ses sonnets en espagnol ?

– *Voyons.*

– Écoute celui-ci, par exemple :

Ya no seré feliz. Tal vez no importa.
Hay tantas otras cosas en el mundo ;
Un instante cualquiera es más profundo
Y diverso que el mar. La vida es corta,
Y aunque las horas son tan largas, una
Oscura maravilla nos acecha,
La muerte, ese otro mar, esa otra flecha
Que nos libra del sol y de la luna
Y del amor. La dicha que me diste
Y me quitaste debe ser borrada ;
Lo que era todo tiene que ser nada.
Sólo me queda el goce de estar triste,
Esa vana costumbre que me inclina
Al Sur, a cierta puerta, a cierta esquina.

Je ne serai plus heureux. C'est peut-être sans impor-
Il y a tant d'autres choses dans le monde ; [tance.
Un instant quelconque est plus profond
Et divers que la mer. La vie est courte,
Et même si les heures sont longues, une
Obscure merveille nous guette,
La mort, cette autre mer, cette autre flèche
Qui nous délivre du soleil et de la lune
Et de l'amour. Le bonheur que tu m'as donné

Et que tu m'as retiré doit disparaître ;
Ce qui était tout ne sera plus rien.
Il ne me reste que le plaisir d'être triste,
Cette vaine habitude qui me fait pencher
Vers le Sud, vers une certaine porte, vers un certain
[coin de rue.

(Coelho a récité ce poème sans se tromper d'un seul mot, sans hésiter, dans un castillan parfait. C'est un sonnet qui a pour titre « 1964 (II) ». Il s'est tiré brillamment de l'épreuve.)

– *Où aimerais-tu que l'on place tes livres dans une librairie ?*

– Les uns en Littérature, les autres en Philosophie, mais pas au rayon Ésotérisme. Je le dis sans pudeur, sans honte, avec orgueil.

– *Quel lecteur es-tu ?*

– J'ai une relation quasi magique avec les livres, et là aussi j'ai mes manies. Pour le moment, je lis seulement ceux que j'achète, jamais ceux qui me sont offerts. Je reçois une vingtaine de livres par jour et je ne les ouvre même pas.

– *Tu pourrais ainsi te priver d'un ouvrage merveilleux, bien qu'il te soit offert.*

– Si c'est vraiment un très bon livre, je finirai bien par en être informé ; alors j'irai dans une librairie et je l'achèterai. Je suis d'avis que l'écrivain ne doit pas faire cadeau de ses livres. Jamais un fabricant de chaussures ne m'en envoie une paire, pourquoi doit-on m'offrir des livres ?

– *Ne me dis pas que tu ne fais jamais d'exceptions. Il t'est bien arrivé de faire cadeau de tes livres et de lire un livre qu'on t'avait envoyé. Par exemple, tu m'as montré une lettre dans laquelle le ministre de l'Armée brésilien te remerciait de lui avoir envoyé ton ouvrage* Le Guerrier de la lumière, *qu'il a beaucoup aimé.*

– Bien sûr, il y a des exceptions. Dans ce cas,

c'est le ministre lui-même qui me l'avait demandé, sinon je ne sais pas si je le lui aurais offert.

– *As-tu lu mon livre de conversations avec José Saramago,* L'Amour possible, *que je t'ai envoyé ?*

– Je l'ai lu, et plus d'une fois, mais c'est autre chose. Non seulement tu allais faire avec moi un livre semblable, mais, en outre, j'étais extrêmement curieux de connaître de l'intérieur un écrivain qui a la renommée et le succès de Saramago. Il m'est arrivé la même chose avec ton livre *Un Dieu pour le Pape*. Je ne savais même pas qu'il était dans les librairies. On me l'a signalé à Madrid, alors je te l'ai demandé parce que cela m'intéressait de connaître la psychologie du pape Wojtyla. Cependant, en général, quand je désire un livre, ne serait-ce que par respect pour l'écrivain, je ne veux pas qu'on me l'offre, je veux l'acheter.

– *La fondation qui porte ton nom n'achète-t-elle pas quelquefois des livres pour les offrir ?*

– C'est vrai, ma fondation a acheté douze mille exemplaires de mes livres pour les envoyer aux bibliothèques des prisons, des hôpitaux, etc. L'éditeur me les a proposés au prix coûtant, mais j'ai tenu à les payer au prix fort, comme si je les achetais dans une librairie.

(Une petite nièce de Coelho participait à la discussion. Il confesse qu'une fois il lui a offert un de ses livres et lui demande : « L'as-tu lu ? » Elle répond que non. Son oncle fait semblant de se fâcher contre elle : « Comment ! Tu as un oncle qui est lu dans le monde entier et tu ne lis pas ses livres ! Je suis sûr que si tu l'avais acheté avec ton argent de poche tu l'aurais lu. » Ma compagne, pour provoquer gentiment Coelho, lui remet l'après-midi un de ses livres de poésie et lui dit : « Je te l'offre pour que tu le jettes à la poubelle. » Coelho

sourit, l'embrasse et lui répond: « Tu dois me le dédicacer. »)

– *Dans quelle mesure es-tu dans tes livres?*

– En réalité je suis tous les personnages de mes livres. Le seul personnage que je ne suis pas, c'est l'Alchimiste. Parce que l'Alchimiste sait tout, tandis que moi je sais que je ne connais pas tout, j'ignore beaucoup de choses. Il est évident que dans *L'Alchimiste* je suis le Berger, le Marchand de Cristaux, et même Fatima. Dans les autres livres, je suis toujours le personnage central. Je suis même Brida. Dans deux livres, je suis totalement moi: dans *Les Walkyries* et dans *Le Pèlerin*. C'est que la plupart de mes livres, bien qu'ils soient des narrations littéraires, ne sont pas de la fiction. Ce sont des histoires vraies que j'ai vécues. Même *Veronika décide de mourir*, mon dernier roman, n'est rien d'autre que l'expérience romancée de la terrible histoire de mon admission par trois fois dans un asile d'aliénés.

– *Te sens-tu un écrivain pèlerin?*

– Tous les écrivains ont besoin d'être en mouvement, au moins intérieurement. Proust ne s'est sans doute pas beaucoup déplacé physiquement, mais lui aussi a beaucoup voyagé. Tous les grands classiques de la littérature sont des narrations de longs voyages, de la Bible à *La Divine Comédie*, du *Quichotte* à l'*Iliade*. C'est toujours la quête d'Ithaque, la métaphore de la naissance et de la mort, ce grand voyage que nous devons tous accomplir, que nous le voulions ou non.

[illegible]

— Dans quelle mesure êtes-vous dans vos livres ?

— En réalité je suis tous les personnages du livre. Le seul personnage que je ne suis pas, c'est [illegible] dans L'Alchimiste, [illegible] beaucoup de choses. [illegible] je suis le berger, le Marchand de Cristal, et même Fatima. Dans les autres livres, je suis toujours le personnage central, je suis [illegible]. Dans deux livres, je suis totalement absent, dans [illegible] et dans Le [illegible]. [illegible] des livres. [illegible] des narrations [illegible]. Ce sont des histoires vraies qui m'ont été racontées. [illegible] n'est rien d'autre que l'expérience [illegible].

— Vous êtes [illegible]

— Tous les écrivains ont besoin d'être en mouvement, au moins intellectuellement. Proust ne bougeait pas beaucoup physiquement, mais il a beaucoup voyagé. Tous les grands classiques de la littérature sont des racontars de voyages, de la Bible à la Divine Comédie, du Quichotte à Ulysse. C'est [illegible] la métaphore de la naissance et de la mort, ce grand voyage que nous devons tous accomplir, que nous le voulions ou non.

10

Les lecteurs

« *Mes lecteurs sont surtout mes complices.* »

« *J'écris pour l'enfant que nous portons en nous.* »

Paulo Coelho a des millions de lecteurs sur tous les continents et dans toutes les langues. Il est difficile de connaître leur profil parce qu'ils sont extrêmement divers et, bien qu'il reçoive des milliers de lettres et de messages, ils ne constituent pas encore un univers suffisant pour que l'on puisse apprécier qui ils sont réellement. Ce que l'on sait, c'est que devant ces millions de lecteurs, l'auteur se sent ami plutôt que maître, et surtout complice. On peut se faire une idée des sentiments que lui portent ses lecteurs au cours de ses tournées à travers le monde. Ce qu'il découvre alors, c'est le degré d'enthousiasme que suscitent, non seulement ses livres mais sa présence même. Dans cette histoire de sa vie, il raconte quelques scènes émouvantes, d'autres magiques et surprenantes.

– *Parlons du profil de tes lecteurs.*

– Avant tout, il faut préciser que ma relation avec cette énorme masse de lecteurs anonymes est une relation très intense, mais pas celle qui existe entre le maître et le disciple ou entre l'écrivain classique et ses lecteurs.

C'est une relation avec des amis, avec lesquels je partage, même sans les connaître, une part de mon intimité, mais une intimité qui appartient à tous et qui est ce qu'il y a de meilleur en chacun de nous.

– *Peux-tu me montrer la dernière lettre que tu as reçue ?*

– Elle est très curieuse, elle vient d'un jeune qui m'envoyait une photo sur laquelle nous sommes tous les deux. Nous nous sommes rencontrés à une présentation de livres en Angleterre. C'est une lettre très féminine, avec des dessins. Il dit qu'il étudie le portugais, qu'il dort en pensant aux anges. Il m'envoie la photo pour que je la lui dédicace. Je ne me souviens de rien, mais il m'explique où nous nous sommes connus et l'émotion qu'il a ressentie. Il me parle aussi de *L'Alchimiste.*

Des lettres comme celle-là, j'en reçois des milliers, parfois de huit ou dix pages. À de rares exceptions, ceux qui écrivent sont des lecteurs simples, parce que les gens importants en général ne le font pas.

– *Crois-tu que parmi tes lecteurs se trouvent plus d'hommes que de femmes ?*

– Au début, c'étaient surtout des femmes, mais la tendance a changé. Lorsque j'ai commencé à donner mes premières conférences, le public était composé de quatre-vingt-dix pour cent de femmes et dix pour cent d'hommes. Maintenant la proportion est de soixante pour cent de femmes et quarante pour cent d'hommes. Ceux-ci n'ont pas peur de montrer leurs émotions et ils font la queue pour que je leur signe les livres, tout comme les femmes. J'imagine que cette proportion doit être la même chez les lecteurs. En vérité, je ne le sais pas exactement.

– *T'est-il arrivé d'avoir des surprises ?*

– Oui, souvent. Je rencontre parfois des personnes dont je n'aurais pas pu imaginer qu'elles lisaient mes livres. Alors je pense que mes lecteurs appartiennent à un univers très varié. Ce que je constate, c'est qu'ils ont avec moi une relation très forte. Le fait d'écrire bien ou mal a peu d'influence, c'est presque une fraternité. Plus que mes lecteurs, ils sont très souvent mes complices.

Quand il m'arrive de penser à mes lecteurs, qui sortent de chez eux, prennent un autobus, entrent dans une librairie et souvent attendent pour acheter un de mes livres parce qu'il y a foule, je suis vraiment impressionné.

– *À quoi peux-tu attribuer un tel succès auprès des lecteurs ?*

– Sans doute, lorsqu'ils lisent un de mes livres, se disent-ils : « Ce livre, j'aurais pu l'écrire, il parle de choses que je connais, mais que j'avais oubliées. » C'est ce que nous appelons l'inconscient collectif. Je crois que mes livres sont reliés à un mystérieux processus de création qui doit beaucoup au féminin.

– *Qu'est-ce que ce côté féminin ?*

– C'est cette part qui, comme nous l'avons dit plus tôt, n'élève pas un mur entre le sacré et le profane, qui sait utiliser l'intuition et la dimension magique de l'existence et qui applique le paradoxe au quotidien.

– *Penses-tu que tu représentes pour les jeunes d'aujourd'hui ce que Castaneda a signifié pour ceux de 1968 ?*

– Dans le prologue du *Pèlerin*, mon premier livre, je cite Castaneda et j'identifie Petrus à don Juan, mais je ne me sens pas le continuateur de son œuvre. Précisément, sur le chemin de Saint-Jacques, j'ai appris la leçon la plus importante de ma vie : l'extraordinaire n'est pas le patrimoine de quelques privilégiés et de quelques élus, mais il appartient à tout le monde, même aux gens ordinaires. Ma seule certitude, c'est que nous sommes tous la manifestation de la divinité de Dieu. Chez Castaneda, au contraire, seuls les élus sont capables de pénétrer le mystère. Cependant Castaneda reste pour moi une idole. Je dis toujours qu'il a changé ma vie. Lorsqu'il est mort, en avril 1998, je lui ai consacré mon éditorial dans le quotidien *O Globo*.

– *D'après ce que tu en dis, le chemin de Saint-Jacques a été très important pour l'avenir de ta vie.*

– Sans aucun doute. J'ai vécu là une expérience radicale. Quand j'ai entrepris ce pèlerinage, je pensais que seuls quelques élus pouvaient rencontrer leur destin, pénétrer dans les mystères de l'esprit. C'est pour cette raison qu'à la moitié du chemin j'ai eu une crise violente.

– *Certains doutent même que tu l'aies fait réellement et pendant si longtemps.*

– Je le sais. Mais c'est qu'ils n'ont pas lu mon livre qui raconte cette expérience ; sinon ils ne diraient pas cela. Il aurait été impossible de décrire cet événement comme je l'ai décrit, avec toutes sortes de détails, quasiment au jour le jour, si je ne l'avais pas fait. Et surtout, il aurait été impossible qu'il provoque un tel bouleversement dans ma vie si je ne l'avais pas réalisé sérieusement.

– *Par la suite tu as vécu à Madrid.*

– Pendant plusieurs mois. Chaque fois qu'il y avait une course de taureaux, j'allais la voir. Ces quelques mois m'ont paru très heureux parce que je ne faisais rien et parce que je n'avais plus l'intention d'être élu, je ne croyais plus que la douleur est sacrée, que ce qui est compliqué est savant, ce qui est sophistiqué de bon goût. Et je n'avais pas cette idée idiote que plus les choses sont difficiles, plus elles sont importantes.

– *Le chemin de Saint-Jacques a tout bouleversé.*

– Et je veux que mes lecteurs le sachent. Cette expérience m'a mis en contact avec des gens ordinaires que je trouvais pleins de sagesse et qui brisaient tous mes schémas mentaux. Par exemple, je n'oublierai jamais le garçon rencontré un jour dans un bar d'un petit village. C'était un ignorant, assurément il ne savait pas qui était Proust, mais il m'a dit des choses tellement fantastiques sur la vie que j'en suis resté médusé. Un autre, sans ouvrir la bouche, m'a fait un geste d'affection et de soutien que je n'avais jamais fait de ma vie malgré toute ma religiosité, ma sagesse et ma quête spirituelle.

– *Et tu es revenu changé.*

– Ce fut un changement radical, à cent quatre-vingts degrés. C'est à ce moment que s'est imposée à moi l'idée d'écrire sur ces choses, pour ces gens ordinaires que nous considérons comme ignorants et qui possèdent une sagesse cachée formidable. Je me considérais comme un écrivain, mais jamais je ne m'étais décidé à écrire. La grande leçon de ce pèlerinage a été de me permettre de comprendre que la beauté se trouve dans la simplicité. C'est pourquoi ma maison, comme tu peux l'observer, est aussi simple que possible. Elle est presque vide. Là seulement, au bout du salon, il y a une fleur. Et c'est beau parce qu'il n'y a rien d'autre. La simplicité est la plus grande des beautés.

– *À propos des gens ordinaires, sais-tu que les théologiens catholiques conservateurs n'acceptent pas la véracité des apparitions de la Vierge pour une raison très curieuse : si la Vierge avait quelque chose à dire à l'humanité elle ne se servirait pas de jeunes filles aussi simples et ignorantes que celles qui ont reçu les visions à Lourdes et à Fátima ?*

– Comme si Jésus-Christ lui-même avait été un grand savant de son temps ! Ce qu'Il n'était pas. Et Il s'est entouré non pas de savants mais de pêcheurs plutôt ignorants pour faire connaître sa vérité. Je connais une intéressante histoire de science-fiction appelée *Le Nuage noir*. Elle raconte que vint un nuage dont la sagesse dévorait les univers et les galaxies. Ce nuage était la sagesse totale, et il allait engloutir également la Terre. L'homme parvient à communiquer avec le nuage et lui explique que, sur la Terre, il y a déjà une vie intelligente, qu'il peut s'en aller ailleurs. Cependant les hommes lui demandent : « Avant de t'en aller, transmets toute ta connaissance à la Terre, puisque tu es si savant. Choisis le plus savant des hommes et connecte-toi à lui. » Le nuage noir se connecte à ce savant, qui, à son contact, est atteint d'hémorragie cérébrale. Mais avant qu'il ne meure, alors qu'il se trouve à l'hôpital, un individu se présente pour nettoyer la chambre. L'homme dit alors que le nuage s'est trompé, que c'est lui qu'il aurait dû choisir.

– *Et pourquoi cela ?*

– Parce que l'univers du savant était déjà construit, et, quand arrive le nuage, il lui crée tellement de problèmes qu'il le détruit ; tandis que l'autre homme, avec sa simplicité, son intelligence ordinaire, son absence de préjugés, l'aurait reçu sans problèmes et aurait été satisfait. *Le Nuage noir* de Fred Hoyle est un classique de fiction scientifique. Il illustre parfaitement ce que je dis de mes lecteurs pour lesquels j'écris. J'écris pour l'enfant que nous portons tous en nous. Il y a toute une fausse mystique sur l'innocence et les enfants, comme si l'innocence rendait les gens stupides. Non, l'innocence de l'enthousiasme, de la surprise, de l'aventure existe, et, celle-là, les enfants surtout la sentent. C'est ce que Jésus voulait dire dans l'Évangile lorsqu'il affirmait qu'il allait enseigner sa sagesse aux enfants et la cacher aux savants et aux puissants. Tout cela est très important dans la philosophie de mes livres.

– *Tu disais que lors de tes rencontres avec tes lecteurs, partout dans le monde, il t'arrive parfois des choses mystérieuses, presque magiques.*

– C'est vrai. Et heureusement que j'ai des témoins vivants qui peuvent le confirmer, sinon personne ne pourrait le croire. Je vais te raconter deux histoires de ce genre. Une fois, je donnais une conférence dans une librairie qui s'appelle Books & Books, à Miami, au sujet du livre *Sur le bord de la rivière Piedra je me suis assise et j'ai pleuré*, dont le personnage principal est une femme nommée Pilar. À un moment de la conférence, j'ai dit : « Gustave Flaubert a déclaré un jour : "Madame Bovary, c'est moi." » Et j'ai ajouté : « Pilar, c'est moi. » Comme toujours dans mes conférences américaines, j'ai aussitôt donné lecture de quelques paragraphes du livre pour ensuite écouter les questions du public. Pendant que je lisais, nous avons entendu un bruit violent, comme si quelque chose était tombé. J'ai continué sans interrompre ma lecture. Quand j'ai terminé, j'ai dit à voix haute : « Maintenant allons voir ce qui s'est passé. » C'était un livre qui était tombé du rayon. Je l'ai ramassé et je ne pouvais pas le croire : c'était *Madame Bovary*, de Gustave Flaubert ! Les gens n'en revenaient pas. Ce livre, je l'ai emporté avec moi, je l'ai ici. Il m'arrive beaucoup de choses de ce genre. Il est tout de même curieux que de la quantité de livres qui se trouvait là soit tombé justement celui que j'avais cité au début de ma conférence. Michael Kaplan, le patron de la librairie, qui en a été le premier étonné, peut te le confirmer.

– *Et l'autre histoire que tu voulais raconter ?*

– Elle m'est arrivée également à Miami, une ville que je n'aime pas du tout. Je faisais une tournée à travers les États-Unis et, de là, je devais me rendre au Japon. Je n'étais pas encore habitué à ces tournées internationales et je suivais la programmation des éditeurs. À présent c'est moi qui prépare le programme. Je voyage un mois et, si je le peux, je me repose le suivant, si ce n'est pas épuisant.

Normalement l'éditeur ne m'accompagne pas

toute la tournée, en général je suis accompagné par quelqu'un qui n'a rien à voir avec l'éditeur.

– *Qui t'accompagnait à Miami ?*

– La représentante de Harper, Shelley Mitchell. J'allais donner une causerie dans une librairie, nous nous y rendions. Il était huit heures du soir. Elle m'a dit : « Attends, je vais embrasser mon petit ami et je reviens. » Je suis resté tout seul. Les États-Unis sont un pays difficile, et en plus j'étais fatigué de tous ces voyages. Je me suis assis, contrarié, triste, amer. Je me suis vu au milieu de Miami et je me suis dit : « Qu'est-ce que je fais ici ? Je n'ai pas besoin de tout ça, mes livres se vendent très bien. J'ai la nostalgie du Brésil, de chez moi. » J'ai allumé une cigarette et je pensais : « Cette Shelley me laisse seul ici et elle va tranquillement embrasser son petit ami. »

– *À ce moment-là, j'imagine qu'il t'est arrivé un événement hors du commun.*

– Trois personnes sont passées devant moi avec une petite fille de douze ans. Celle-ci s'est tournée vers l'une des trois personnes et lui a dit : « Est-ce que tu as lu *L'Alchimiste* ? » Je suis resté pétrifié. La dame, sans doute la mère de la fillette, lui a dit quelque chose que je n'ai pas compris et la petite a insisté : « Tu dois lire ce livre, il est très beau. » Je n'ai pas résisté, je me suis levé, je me suis approché d'elles et je leur ai dit : « Je suis l'auteur de *L'Alchimiste.* » La mère m'a regardé et elle s'est écriée : « Partons vite, cet homme est fou. » Alors je suis allé chercher Shelley dans la boutique à côté et je lui ai demandé de venir expliquer à ces personnes que je n'étais pas un fou, que j'étais vraiment l'auteur du livre.

Nous avons réussi à les rattraper, car elles étaient parties en courant. Shelley Mitchell leur a dit : « Je suis américaine et ce monsieur n'est pas un fou, il est vraiment l'auteur de *L'Alchimiste.* » La petite fille, très contente, disait : « Moi je le croyais, mais elles non. » Mon accompagnatrice lui a répondu : « Voilà une grande leçon dans ta vie. Laisse-toi conduire par tes intuitions, car les mères n'ont pas toujours raison en tout. »

J'ai invité les trois personnes à la causerie. J'ai présenté la petite fille, j'ai raconté l'histoire et j'ai demandé qu'on les applaudisse.

Cela rejoint ce que nous disions des signes. Dans un moment où mon énergie était au plus bas, sans enthousiasme, vide, cette petite m'a apporté un message du ciel ; un ange s'est servi d'elle pour me donner du courage et pour me convaincre qu'il était important de rencontrer personnellement mes lecteurs.

– *Comment réponds-tu à ceux qui te disent que tu ne peux pas être un bon écrivain parce que tu éveilles un tel enthousiasme chez les gens simples ?*

– Que c'est du fascisme culturel. Certains de ces intellectuels qui ont la démocratie plein la bouche sont convaincus dans leur for intérieur que le peuple est idiot.

– *Tu es un auteur haï et aimé. Qu'est pour toi l'amour ?*

– Une espèce de magie, une force nucléaire qui peut te réaliser ou te détruire. Pour moi, l'amour est à la fois la force la plus destructrice et la plus constructive du monde.

En ce qui concerne l'écrivain Coelho, il est difficile de trouver de véritables critiques qui analysent ses ouvrages et surtout qui comprennent que Paulo Coelho est plus qu'un simple écrivain. C'est aussi un phénomène social et culturel qui mérite d'être l'objet d'études. Ses lecteurs espagnols m'ont demandé quel-

quefois ce que l'on disait de lui au Brésil, de ses livres, de ce que cet écrivain représente. C'est pourquoi, au moment de publier cet ouvrage, j'ai cherché une critique qui ne soit pas trop exaltée dans ses éloges, mais qui ne frise pas non plus le ridicule, comme ce qu'a déclaré, à la revue Veja *Davi, Arrigucci Júnior, qui, interrogé sur ce qu'il pensait de l'œuvre de Coelho, a répondu : « Je ne l'ai pas lu et je ne l'aime pas. »*

J'ai trouvé une critique qui analyse de façon impartiale ce phénomène dans toute son ampleur. Elle s'intitule : « Pourquoi Paulo Coelho », et a été publiée par Carlos Heitor Cony dans la revue República, *en mai de cette année. Voici ce qu'il a écrit :*

> « J'ai été témoin, en personne, à Paris, pendant le Salon du Livre, du phénomène littéraire et éditorial de notre temps. Paulo Coelho a atteint un degré de popularité et un respect international qui n'a jamais eu son pareil dans la vie culturelle brésilienne.
>
> Nombreux sont encore ceux qui lui en veulent, non seulement pour son succès, mais parce qu'ils considèrent sa littérature comme mineure, mercantile, de la sous-littérature en définitive.
>
> Ce n'est pas ainsi que je vois son cas. Je ne suis pas un ami personnel de l'écrivain, nous nous traitons avec déférence et même avec gentillesse, mais, lorsque nous nous sommes rencontrés, nous n'avons jamais échangé plus de cinquante mots. Pourtant, j'ai depuis très longtemps une explication quant à son succès. Voyons-la.
>
> Le siècle qui s'achève a commencé avec deux utopies qui devaient, semblait-il, résoudre tous les problèmes du corps et de l'esprit. Marx et Freud, chacun dans son domaine appelé "scientifique", ont établi des règles qui allaient influencer des millions d'êtres humains, préoccupés ou bien de justice sociale ou bien de justice envers eux-mêmes, grâce à la psychanalyse.
>
> Il se trouve que le siècle s'achève et que les deux

grands puissants totems s'écroulent : ils avaient des pieds d'argile. Marx n'a pas résisté à l'échec des régimes installés sous sa tutelle, même si le socialisme en tant que tel demeure un rêve possible que l'humanité attend. Freud, déjà de son vivant, a été contesté, fragmenté, ses successeurs ont proclamé des schismes et ouvert la voie à des rébellions. Sa doctrine originelle ne se maintient que comme essai littéraire, mais avec de moins en moins de caractère scientifique.
La chute de ces deux utopies a fait surgir un vide dans l'âme humaine en cette fin de siècle. Et, comme il arrive en général, l'appel au mysticisme, y compris à la magie, allait être inévitable. Et c'est là qu'entre notre magicien, avec sa simplicité, ressemblant à certains moments aux saints de toutes les époques et de toutes les religions, qui prononcent les mots nécessaires, ceux que tout le monde veut entendre, parce que, d'une certaine manière, ils sont dans toutes les âmes.
Paulo Coelho a trouvé ces mots dans des livres sacrés et profanes, dans des légendes orientales et dans des gestes occidentales ; il a fait un *mixed* génial des Évangiles, de livres de magie médiévale, de la merveilleuse poésie orientale que nous connaissons très peu. Et il a trouvé la simplicité de celui qui ne prétend rien imposer, laissant courir ce qu'il pense et ce qu'il sent. Beaucoup ont essayé et essaient encore aujourd'hui de faire la même chose que lui, mais pas avec le même succès. Pour ma part, dans ma vie personnelle et professionnelle, je tends plutôt à un pessimisme atroce, à une vision négative et cruelle de l'existence humaine, me situant précisément à l'autre bord. Mais Paulo Coelho m'émeut et je sens la nécessité de féliciter tous ceux qui, comme lui, s'efforcent, à leur manière, de rendre l'homme meilleur et la vie moins insupportable. »

(Carlos Heitor Cony est journaliste et écrivain, auteur de plus de vingt ouvrages, entre autres les romans *Casi Memoria* et *La Maison du poète tragique.*)

Les plus durs avec Paulo Coelho sont en général les critiques littéraires, qui sont allés jusqu'à lui reprocher de ne pas savoir écrire. Nous avons voulu demander à Nélida Piñón, grand écrivain brésilien au rayonnement international puisque ses œuvres sont traduites dans les principales langues, ce qu'elle pensait de Paulo Coelho. Nélida a été jusqu'à l'an passé présidente de l'Académie de la Langue brésilienne et son prestige intellectuel est indiscutable.

À ma question concernant Paulo Coelho, avec qui elle a participé à Barcelone à une table ronde pendant la foire du livre Liber 1998, elle a répondu ceci :

« Je n'ai pas de préjugés esthétiques. Coelho et moi faisons partie de la même scénographie, même si nous représentons des rôles différents. Il s'agit d'un écrivain qui honore mon pays par ses écrits et qui nous honore à l'étranger. C'est une personne très digne pour laquelle je professe une grande estime. Nous nous sommes connus dans une station-service, en train de remplir le réservoir de nos voitures. En me voyant, il m'a saluée respectueusement et avec une certaine timidité. Je lui ai dit : "Paulo, allons manger." C'est ainsi que nous nous sommes rencontrés. Et je vais vous confier un secret : nous avons le projet d'écrire un livre ensemble. Nous avons même pensé au titre, mais vous me pardonnerez si, pour le moment, je ne le révèle pas. »

11

Paula, Ana et Maria

«Recourant à la métaphore du voyage, je vois la vie comme une caravane qui ne sait ni d'où elle vient ni où elle va.»

De nombreux lecteurs de Paulo Coelho ont rêvé de s'asseoir un jour avec lui, chez lui à Rio de Janeiro, pour pouvoir lui poser mille questions sur ses livres et échanger des opinions avec lui.

Ce rêve, trois étudiantes espagnoles ont pu le réaliser : Paula et Ana Gómez, deux sœurs qui étudient respectivement l'architecture et la psychologie, et Maria Chamorro, une de leurs amies qui étudie la pédagogie.

Je les ai connues dans l'avion qui me conduisait de Madrid à Rio de Janeiro, où j'allais préparer ce livre avec Coelho. Curieusement elles lisaient toutes les trois dans l'avion un de ses ouvrages : Brida, La Cinquième Montagne *et* Sur le bord de la rivière Piedra je me suis assise et j'ai pleuré. *Elles m'ont manifesté leur désir de connaître un écrivain qu'elles appréciaient tant et de converser avec lui. Ainsi est né ce dernier chapitre. Cette rencontre a duré jusqu'au petit matin et, outre les trois jeunes étudiantes, y participaient la femme de l'écrivain, Cristina, et le publicitaire Mauro Salles, l'ami par excellence de Coelho, qui est par ailleurs un poète et un homme de culture réputé dans tout le pays.*

L'écrivain nous a confié par la suite que jamais des jeunes ne l'avaient interpellé si profondément et avec si peu de complexes.

Étudiante en architecture, Paula a été très impressionnée par l'appartement de l'écrivain, dans lequel il a placé les éléments essentiels de sa vie personnelle – la chambre et la petite table où il travaille – dans l'endroit le plus joli de la maison, face à la plage, consacrant la partie arrière de l'appartement, qui n'a pas de vue, à la représentation.

Ana et Maria, qui étudient respectivement la psychologie et la pédagogie, ont été ravies de pouvoir amorcer avec Paulo Coelho un dialogue intime, sans que pèse la différence d'âge, même si elles étaient conscientes de tout ce qui les séparait de l'écrivain quant à l'expérience et à la culture. Elles ont avoué que cette rencontre les avait fait grandir personnellement.

Toutes trois ont pu se sentir sur la même longueur d'ondes que l'écrivain. D'après elles, « cette rencontre n'était pas seulement intellectuelle, mais fondamentalement vitale ».

Paula. – *Nous avons réfléchi aux questions que nous pourrions te poser et nous en avons trouvé de deux sortes. Certaines concernent la jeunesse en général et d'autres chacune de nous plus personnellement.*

– Avant que vous ne commenciez, je veux faire une mise au point : vous ne devez pas croire que je vais avoir des réponses pour tout. Nous allons tenir une conversation entre amis, et en parlant nous apprendrons à nous connaître réciproquement, d'accord ?

Paula. – *Nous trouvons parfois la jeunesse espagnole – je ne sais pas ce qu'il en est de la brésilienne – très désespérée ; je ne parle pas des clichés qu'on lit dans les journaux ou qu'on entend à la radio, mais de quelque chose de plus profond, comme si elle ne savait pas où se tourner. Bien sûr cela ne concerne pas tous les jeunes et, personnellement, je ne me sens pas ainsi. À quoi attribues-tu cela, toi qui connais bien les jeunes ?*

– Si toi, Paula, tu ne te sens pas désespérée, que ressens-tu ?

Paula. – *Je sens quelque chose que je retrouve dans tes livres et que je découvre peu à peu. Je crois qu'il arrive un moment où l'on se découvre soi-même ; on constate que l'on a des potentialités en soi que de petites rencontres avec le monde extérieur permettent de reconnaître. Ce mélange d'authenticité et de liberté me rend heureuse, me permet de donner un sens à ma vie. La question est alors de savoir si réellement ce que je pense trouver dans tes livres est vrai, car parfois j'ai la sensation, en prenant un de tes ouvrages, que c'est une lettre qui s'adresse à moi, personnellement.*

– Tout cela, je crois, a un rapport avec la quête de la conscience. J'ai beaucoup parlé avec Juan et Roseana de la façon dont je suis devenu écrivain. La clé de mon travail, si nous simplifions à l'extrême, c'est ce que j'appelle l'histoire personnelle telle qu'elle apparaît dans *L'Alchimiste*. Et bien qu'elle nous semble un mystère, elle est la raison de notre existence. Parfois elle peut ne pas être claire et nous forçons le destin. Alors nous nous sentons faibles et lâches. Mais finalement l'histoire personnelle se poursuit en nous, et nous savons pourquoi nous sommes là. Donc, pour moi, la quête spirituelle est la quête de la conscience totale.

Paula. – *De la conscience de soi-même ?*

– Oui, tout à fait. Si tu bois un verre de vin, c'est comme une illumination parce que, pendant que tu le bois, tu perçois le bruit de la campagne où il a été fabriqué, la famille de l'homme qui a cueilli le raisin, ce qui se trouvait autour... la conscience totale de tout. C'est cela qui à moi me donne la vie. Et je suis concentré sur cette vision, non pour le sacrifice, mais pour la joie, l'enthousiasme.

Paula. – *De te sentir davantage toi-même ?*

– Exactement. C'est pourquoi je pense que, durant

toutes ces années, s'est écrit un livre, qui ne s'est jamais concrétisé matériellement, que j'appelle *Le Manuel* et qui serait le livre contenant toutes les règles que nous devons suivre, génération après génération. À un certain moment, nous ne savons même plus pourquoi nous devons suivre ces règles, mais elles sont là et nous continuons de leur accorder crédit. Si à la page vingt de ce livre on dit : Il faut aller à l'université, tu dois obtenir un diplôme, tu dois te marier entre vingt-cinq et trente ans et si tu ne suis pas ces conseils, tu vas rencontrer un nouveau conflit.

Juan. – *Tu fais allusion au système social qui nous est imposé.*

– Au système social tel que nous le connaissons aujourd'hui, imposé aux générations. Mais comme ce n'est pas un livre très clair, très visible, nous ne pouvons pas le combattre avec clarté. Tous les jeunes passent par ce processus, ou bien combattre intuitivement ce qui est là et ne les satisfait pas, ou bien l'accepter. Dès l'instant où ils l'acceptent, ils commencent à vivre non pas leur vie, mais la vie de leurs parents, de leur famille, de leur société, de leur milieu. Même si je suis optimiste, je crois que lorsque l'on atteint la désillusion totale, c'est le moment du changement, parce que tu arrives au bout, tu te lèves et tu reviens avec une force renouvelée.

Juan. – *Tu es très hégélien philosophiquement.*

– Sans aucun doute. La manifestation apparente de la jeunesse actuelle, ce que nous en voyons, c'est que cette jeunesse a déjà découvert le Manuel et va le changer. Maintenant nous sommes dans cette phase, parce que quelquefois le Manuel gagne. La génération passée a tenté de dépasser le Manuel à travers le sport, la gymnastique, tout le monde des yuppies. Cette génération me paraît différente, je vois certains indices, je ne sais pas exactement lesquels, il me semble que la quête spirituelle est un symptôme et qu'une rébellion très saine va se produire. Je crois beaucoup au pouvoir qu'a la religion de rendre sain, je crois que nous sommes arrivés à un point où éclate la force de la rébellion saine.

Paula. – *À propos de ce que tu dis du Manuel, pour ma part, c'est en voyageant que j'ai pu faire ce saut et m'en sortir.*

– Moi aussi. Sans aucun doute, les voyages m'ont permis de faire le saut lorsque j'avais ton âge.

Maria. – *Je me demande si tu crois en l'humanité. Par exemple,* La Cinquième Montagne *est un texte biblique sur lequel tu développes une histoire dans laquelle tu mets tes pensées ; c'est comme si tu maintenais un équilibre entre l'humain et le spirituel, je ne sais pas si c'est parce que c'est ton style ou parce que tu veux atteindre tout le monde, que tu ne veux pas radicaliser. Veux-tu dire qu'il ne tient qu'à Dieu que se produise ce que tu vis, ou inventes-tu une petite histoire pour que tout le monde puisse saisir, en d'autres termes, que Dieu est l'humanité même ?*

– Essentiellement, ce que l'on voit dans *La Cinquième Montagne* ce n'est pas Dieu, mais le silence de Dieu, c'est le moment où Dieu ne parle pas, où Dieu semble dire : « Je vais t'aider, mais quand tu auras pris les décisions que tu dois prendre. »

Maria. – *Bien sûr, toutes ces choses qui te sont arrivées dans ta vie relèvent de la confiance plus que de la chance, car au moment où tu commences à avoir confiance, tu commences à voir. Si tu n'as pas confiance, tu as les yeux fermés. C'est au moment où tu fais un pas et où tu fais un choix que tu n'avais pas encore fait, qu'interviennent les signes et que tu te mets à donner un sens à ta vie.*

Paula. – *Mais c'est faire confiance à quelque chose que tu ne connais pas non plus.*

– Que tu ne connaîtras jamais.

Paula. – *Cela fonctionne, simplement. Je suis arrivée à un moment – ce n'est pas le voyage en soi mais le fait que le voyage a été le détonateur – où j'ai pu trouver quelque chose qui me libère et qui me rend heureuse.*

– Dans beaucoup de mes livres, je traite le thème du voyage, sais-tu pourquoi ? D'abord parce que j'appartiens à la génération du voyage, la génération hippie, qui a vécu en voyageant, en communiquant avec d'autres cultures. Et le voyage a un aspect symbolique très fort dans la vie des gens. D'abord, lorsque tu voyages, tu n'es plus toi, tu dois être ouverte, totalement ouverte, car tu sais que les expériences ce ne sont ni les monuments ni les musées ni les églises. Pour ma part, je visite rarement ces endroits, je le fais seulement si j'en ai très envie. Henry Miller exprimait cela très bien, si on te dit : « Notre-Dame est fantastique, il faut que tu la voies », tu vas à Notre-Dame et en effet, elle est fantastique ; mais tu remarques que tu es allé la voir parce que d'autres t'y ont poussé. Mais si au détour d'un coin de rue tu tombes sur Notre-Dame, c'est autre chose, elle t'appartient totalement parce que c'est toi qui l'as découverte. Très souvent, les merveilles du voyage, ce sont de petites églises qui ne sont pas dans les livres, des petits coins inconnus, tout ce que tu découvres, toi. Les guides parfois me font peur.

Juan. – *C'est ce qui nous est arrivé à Venise, où nous avons trouvé des endroits incroyables, pourtant j'étais déjà allé mille fois à Venise, mais toujours avec des guides. Cette fois nous nous sommes dit : partons nous perdre, et nous avons ainsi découvert des lieux merveilleux, impensables, et des scènes étonnantes ; par exemple, un vieillard, qui devait avoir quatre-vingt-dix ans, qui marchait courbé dans une ruelle solitaire. On entendait ses pas, ils étaient l'emblème d'une humanité fatiguée et parfois abandonnée à son sort.*

– C'est cela, se laisser aller, avoir confiance ; tu sais que, dans ce voyage, ce qui va te relier à la ville, aux choses, c'est ton expérience individuelle et ensuite les rencontres. Tu vas aimer un pays parce que les gens sont gentils, aimables, serviables, ou bien tu vas découvrir ce qu'il y a de plus beau ; tu sais que tu dois être ouvert aux gens et tu t'ouvres, tu n'es plus protégé par ton milieu, tu es un être humain, avec la condition essentielle de l'être humain qui est la solitude ; même si tu es avec quelqu'un, tu es seul également.

Ici j'ai mes amis, je les vois, je vais à la plage, je m'y promène, mais j'ai tendance à voir toujours les mêmes personnes, à parler des mêmes sujets. En revanche si je suis à Taiwan, je peux dire que c'est une ville horrible, mais finalement nous sortons la visiter et je parle avec la première personne que je rencontre, je discute avec le chauffeur de taxi, je me lie aux autres...

Juan. – *C'est vrai, c'est pour cela que le voyage est considéré comme la meilleure université de la vie. Tu peux avoir lu des tonnes de livres sur une ville, tant que tu n'y vas pas, tu ne te rends pas compte que tout ce que tu as lu ne t'a pas servi à grand-chose.*

– Exactement. D'une part tu sors de ton milieu, tu n'es pas entouré de ta sécurité, tu es indépendant, un peu perdu, tu as besoin de l'aide des autres, cela aussi fait partie de la condition humaine, de se laisser guider, comme dans *L'Alchimiste* ; tu peux être en voyage, mais sa réussite dépend des personnes qui t'aident à trouver ton chemin, bien que ton chemin soit déjà écrit.

Tu as une relation avec le physique et le métaphysique, que tu ne comprends pas très bien, comme tu ne comprends pas la valeur de l'argent, qui est pourtant une valeur enracinée et importante dans ta vie, très métaphorique ; quand tu voyages, tu ne sais plus ce qui est cher, ce qui est bon marché, ce qui est très cher te semble peut-être très bon marché, ou bien au contraire, tu es tout le temps en train de faire des calculs.

D'autre part, tu dois simplifier ta vie parce que tu ne vas pas emporter le poids de ta vanité et tu allèges ta valise au maximum. Moi qui suis toujours entre deux aéroports, j'emporte une valise toute petite, parce que je sais que les bagages pèsent et je me suis rendu compte que je pouvais vivre le reste de ma vie avec cette petite valise minuscule.

Juan. – *Roseana est venue à Madrid pour y rester trois mois et je n'en suis pas revenu, elle avait une de ces petites valises qu'on ne fait même pas enregistrer.*

– Tu te rends compte ainsi que ce dont tu as besoin pour trois jours peut te servir également pour trois mois. Tu voyages avec la même petite valise. Cette symbolique du voyage touche des choses très profondes dans ta psychologie, c'est pourquoi toutes les religions, d'une manière ou d'une autre, accordent de l'importance à la pérégrination et à l'abandon du superflu.

Juan. – *Autre problème des voyages, tu dois faire un effort pour comprendre des langues que tu ne connais pas.*

– C'est comme pour les bagages. Lorsque tu voyages, tu es obligé de simplifier ta vie parce qu'au bout de quelques jours tu n'as plus de vocabulaire pour parler avec les gens. Mais la nécessité de simplifier le langage t'oblige à tout simplifier, y compris en toi. À vingt ans, j'ai traversé tous les États-Unis. À l'époque, je connaissais tout juste quelques mots d'anglais de base, mais à la fin du voyage je me sentais plus simple, parce que je n'avais pas les mots pour discuter des grands problèmes existentiels et que je devais réduire mon langage à l'élémentaire. Cela exige une grande discipline.

Maria. – *Le voyage est aussi une secousse, parce que les signes peuvent être, et de fait sont, là où tu vis. Souvent, un voyage, ou une expérience forte, te permet de voir ce que tu n'avais pas vu auparavant, même si tu l'avais devant toi.*

Ana. – *Je voudrais ajouter que chacun, dans son histoire personnelle, constate qu'il grandit, mais ce développement est souvent douloureux. Lorsque j'étais petite, j'avais mal aux jambes, simplement parce que je grandissais. Ce qui m'arrive maintenant, lorsque je lis tes livres, c'est qu'ils me font mal.*

– Comment cela, je te fais mal ?

Ana. – *Eh bien, tes livres sont pour moi un face-à-face continuel avec moi-même. Je vois que je grandis, mais le changement fait mal aussi, parce qu'il ne s'agit pas seulement de m'enrichir, mais aussi de débarrasser mon âme de ce qui est de trop.*

– Voilà une très bonne définition. Conan Doyle en donne, avec Sherlock Holmes, dans son premier livre, un exemple extrême : quand le docteur Watson rencontre Sherlock Holmes et qu'ils discutent d'un sujet que tout le monde connaît, comme le fait que la Terre est ronde, Sherlock Holmes se montre très surpris et dit : « Comment cela, la Terre est ronde ? – Évidemment ! dit Watson, mais vous ne le savez donc pas ? – Non ! Je n'y avais jamais pensé, et je vais l'oublier le plus rapidement possible parce que mon esprit ne peut pas l'assimiler, il a un espace limité ! » Je sais que la Terre est ronde, mais comme cela ne me sera pas très utile dans la vie ni dans mon travail, je vais l'oublier très vite pour enregistrer des connaissances qui se rapportent davantage à mon travail. Par conséquent, la question n'est pas seulement d'ajouter mais aussi d'ôter, et d'ôter des choses qui se trouvent là parce qu'on les y a mises à travers un processus très inconscient du Manuel, ainsi que nous l'avons dit.

Paula. – *Certains ont beaucoup de mal à lire des livres qui les obligent à se poser des questions, à remettre en cause leur vie ou ce qu'ils sont. C'est une peur très humaine. En effet, cela peut me faire mal d'avancer, de me demander qui je suis. Personnellement, je préfère m'apercevoir que je suis un désastre, mais continuer à chercher, plutôt que de ne pas regarder, pour ne pas risquer de découvrir quelque chose qui ne me plaît pas. J'ai des amies qui ont peur de lire des livres qui les obligent à aller au fond d'elles-mêmes. C'est pourquoi j'aimerais te demander si tu crois que tout le monde a la capacité de se libérer du Manuel et pourquoi.*

– Laisse-moi te raconter une expérience que j'ai faite sur le chemin de Rome, appelé aussi le Chemin féminin. Lorsque je l'ai entrepris, au bout d'une semaine, une dizaine de jours, je ne sais pas, j'ai commencé à prendre conscience du pire de moi, du plus horrible ; je me trouvais mesquin, j'avais des envies de vengeance, toutes sortes de mauvais sentiments. Alors je suis allé voir le guide du chemin et je lui ai dit : « Je fais ici un chemin sacré, je donne le meilleur de moi-même, et au lieu de changer pour être meilleur, j'ai l'impression de devenir un être humain petit, mesquin. » Il m'a répondu : « Non, non, ça c'est maintenant, après vient la lumière ; tu vois ce que tu es maintenant réellement, tu n'as pas encore changé, mais tu vois beaucoup plus clairement la petitesse de ton monde et cela rend toujours les choses très claires. »

Si nous allumons les lumières, nous voyons les araignées, le Mal ; alors nous les éteignons, pour ne plus rien voir. Nous passons par ce processus de croissance douloureux, parce que ce que nous voyons d'abord, ce n'est pas le meilleur, mais ce qu'il y a de plus obscur en nous. Après vient la lumière.

Maria. – *Je me suis rendu compte, cependant, qu'il*

fallait s'aimer soi-même, y compris dans les petites choses que nous pensons mauvaises; quand toi-même tu te dis: je suis mauvaise, tu commences à voir à quel point tu es petite et stupide.

Ce qui est sûr, c'est que nous ne nous aimons pas; quand tu prétends que tu es mauvais, c'est parce que tu ne t'aimes pas; tu dois t'aimer aussi dans la petitesse. Ainsi je crois qu'il ne s'agit pas seulement de changer, mais d'avoir conscience d'être petite, fragile, et de comprendre qu'il faut s'aimer tout de même et se faire accepter tels que nous sommes.

– Je vois cela un peu différemment; à mon avis, tout est mouvement, le changement existe toujours. Cependant, la culpabilité nous paralyse. Tu vois les choses et tu restes paralysé par la culpabilité, tu ne te crois pas digne. Moi-même, la première chose que j'ai faite ici a été de déclarer: quel salaud je suis! pour que vous ne vous croyiez pas devant un sage qui détient toutes les réponses, mais devant une personne normale. Ainsi je me suis aidé moi-même. Pour éviter de créer une image fausse de moi-même et pour être accepté dès le premier instant tel que je suis. Et cela sans sentiments de culpabilité idiots.

Maria. – *Mais, pour cela, il faut s'aimer et, par conséquent, ne pas avoir peur de se montrer tel que l'on est. Parce qu'il y a beaucoup de principes qui nous paralysent: ça ne se fait pas, ça ne se dit pas, il n'est pas convenable de dire ça, etc.*

– Sans aucun doute.

Ana. – *Je crois que pour faire ce saut, l'essentiel est d'accepter d'avoir des droits, d'avoir humainement la possibilité de voir au-delà du Manuel.*

– Et sans qu'il y ait péché. C'est pourquoi je pense beaucoup, en catholique que je suis, au premier miracle de Jésus-Christ, qui ne fut pas politiquement correct; il n'a pas guéri un aveugle ou fait marcher un paralytique, mais transformé l'eau en vin, une chose très mondaine, très profane, simplement parce qu'il n'y avait plus de vin ; ce n'était pas nécessaire pour sauver l'humanité, non. Aux noces de Cana, il n'y avait plus de vin et Jésus s'est demandé : « Qu'est-ce que je fais ? » Et il n'a pas hésité : j'ai des pouvoirs pour transformer l'eau en vin, je m'en sers. En plus il l'a transformée en un vin superbe. Pour moi, par ce symbole, il a voulu dire : Voyons, même si je vais traverser des moments de grande douleur, le chemin est celui de la joie et non celui de la souffrance. L'inévitable est là, il nous attend, comme dans *La Cinquième Montagne*, nous ne pouvons pas l'éviter, mais nous ne le recherchons pas non plus.

Juan. – *Je crois que c'est une des erreurs de certaines religions, de présenter le sacrifice comme une fin. Je dis toujours que, dans l'Évangile, chaque fois que Jésus-Christ rencontrait une douleur, il la supprimait. Il aurait pu dire : elle te va très bien, garde-la et tu seras sanctifié. Non, il ne supportait pas de voir quelqu'un souffrir et il soignait toutes les maladies, surtout chez les plus pauvres, qui sont ceux qui souffrent le plus.*

– Je suis totalement d'accord. Toutes les douleurs que j'ai dû affronter dans ma vie, je n'ai pas pu les éviter, mais je ne les ai pas non plus recherchées comme un sacrifice. Le mot sacrifice vient de l'office sacré, il concerne beaucoup plus ton engagement envers quelque chose que tu fais. Il y a des moments où tu dois renoncer à une chose pour pouvoir en choisir une autre, mais le sacrifice en tant que renoncement en soi n'a pas de sens.

Maria. – *Je crois en effet que le principal n'est pas le sacrifice mais le fait de se sentir aimé. À partir de là, tout change. C'est sans doute pour cela que les missionnaires se moquent du sacrifice et de la douleur, parce qu'ils se sentent aimés.*

Juan. – *Alors ce n'est déjà plus un sacrifice. L'amour aide à supporter la nécessité de renoncer, d'accepter l'autre, mais la compensation que cela entraîne est telle que tu ne peux plus l'appeler sacrifice. Ce prêtre qui, ici à Rio de Janeiro, donne à manger tous les jours à quatre cents mendiants se sent heureux. Évidemment, chercher tous les jours de quoi nourrir quatre cents mendiants et vivre avec eux, ce n'est pas une très belle vie. Mais je ne doute pas qu'il se sente vraiment heureux, car ce qui pour n'importe lequel d'entre nous serait un sacrifice ne l'est plus pour lui. Maintenant, s'il y cherchait un sacrifice, alors il serait masochiste.*

Maria. – *Et cela ne serait pas sain.*

Juan. – *Et il ne serait pas heureux.*

Maria. – *Par exemple, quand j'ai du mal à apprendre quelque chose et qu'on me dit: «Allez! recommence, et tu verras que tu y arriveras!», je recommence avec plaisir, jusqu'à ce que je le fasse bien, mais si on me dit: «Tu es stupide!», alors je m'en vais, parce qu'on me prédispose à le faire mal.*

Paula. – *J'aimerais revenir au voyage, qui est quelque chose qui te rend plus libre. J'y vois cependant un problème; pendant que tu accomplis ce voyage, il est relativement facile de te sentir libre, de chercher ta propre identité, de te trouver toi-même; tout est très enrichissant, c'est comme te sentir amoureux. J'ai lu un livre sur l'amour, qui s'appelle* Je t'aime, *et j'ai identifié ce voyage à la naissance de l'amour qui tout d'un coup te libère de tant de choses. Mais voilà, le problème apparaît quand tu reviens du voyage à la réalité de tous les jours. Ce qui m'est le plus pénible et ce qui me pousse encore vers le Manuel – parce que je me sens encore dans cette contradiction – c'est de devoir vivre avec des gens qui n'ont pas découvert la même chose que moi. D'un côté, je serais ravie qu'eux aussi puissent découvrir cela, mais je me demande aussi s'ils doivent le découvrir.*

– Là est le grand problème. C'est le même, en quelque sorte, qu'ici sur la plage ; le matin, elle est totalement vide, une mère arrive avec son enfant et s'assoit ; arrivent quelques jeunes qui jouent au ballon, ensuite viennent les jolies filles qui veulent draguer avec leurs petits bikinis ; la prochaine mère qui arrive ne va pas rester près des jolies filles, parce qu'elle va se sentir un peu laide, ni près de ceux qui jouent au ballon, parce qu'elle ne va pas jouer ; alors elle s'assoit, naturellement, près de l'autre mère et les enfants commencent à jouer, tandis que les beaux garçons s'assoient près des jolies filles. La plage organise son univers, tu comprends ? Peu à peu se forment les tribus, celle des mères avec les enfants, celle des beaux garçons et celle des jolies filles, celle de ceux qui veulent faire des conquêtes. Elles se forment naturellement, mais il faut du temps pour que les choses trouvent leur organisation naturelle. Nous ne pouvons pas changer cela, les mères avec leurs enfants sont les mères avec leurs enfants, les sportifs aiment le sport et ils sont contents, c'est leur manière d'adorer Dieu. Il y a un processus d'identification.

C'est pour cela que je parle beaucoup du guerrier de la lumière, du moment où soudain tu découvres le regard de quelqu'un dont tu devines qu'il cherche la même chose que toi, et cela bien que nous soyons imparfaits, malgré tous nos problèmes et nos moments de lâcheté. Nous sentons également que nous sommes dignes, que nous avons la capacité de changer et que nous sommes en marche.

Il ne s'agit pas de convaincre les gens, mais de rencontrer l'autre personne qui, elle aussi, se sent solitaire dans ce monde et pense aux mêmes choses que toi, me comprends-tu ? Suis-je clair ?

Paula. – *Le problème est que ces autres personnes ne sont pas nombreuses, ou du moins je n'en ai pas rencontré beaucoup.*

– Elles sont pourtant nombreuses et, curieusement, un écrivain ou un livre peut être, dans une grande mesure, cet élément catalyseur. Si tu lis Henry Miller, tu constates que tu as quelque chose en commun avec lui ; de même si tu lis Borges. Alors, un livre, un film, l'œuvre d'art en général, ont un effet catalyseur très grand, parce qu'ils t'aident à reconnaître que tu n'es pas seul, qu'il y a quelqu'un qui pense comme toi.

Juan. – *Par exemple, si tu te trouves dans un avion près d'une personne qui lit un livre déterminé, tu sais qu'avec elle tu peux parler.*

Paula. – *En allant en train à Saragosse voir ma famille, avec mon père et ma grand-mère, justement je me suis assise à côté d'une fille très jeune qui avait le livre* Brida. *La veille, j'étais allée à la Foire du Livre de Madrid et j'avais décidé de m'acheter* La Cinquième Montagne *ou* Brida. *Finalement, je ne sais pas pourquoi, j'avais pris* La Cinquième Montagne, *et quand je me suis assise dans le train, j'ai regardé cette fille que je ne connaissais pas du tout et son livre, et j'ai pensé : « Quelle coïncidence, hier précisément je regardais ce livre. » Je n'ai pas résisté, je le lui ai dit et elle m'a répondu : « Je me suis moi-même demandé si j'achetais* La Cinquième Montagne *ou* Brida. – La Cinquième Montagne ? *Regarde, je l'ai ici dans mon sac. » Il s'est trouvé en plus qu'elle était la fille d'une amie de ma tante, qui vivait à Saragosse. Je regardais déjà pour voir où se trouvait la caméra cachée, parce que je pensais que cela avait dû être préparé !*

– Je te comprends parfaitement, parce qu'il m'est arrivé à moi aussi d'avoir cette sensation que quelqu'un filmait ce qui m'arrivait.

Paula. – *Parfois il arrive que j'ouvre la Bible au hasard et c'est comme si elle me parlait à moi personnellement et je me dis : Mais comment est-ce possible ?*

– Je t'ai raconté la même chose à propos du chauffeur de taxi. C'est ce que je pensais, comme si un ange se servait de la bouche des autres.

Juan. – *L'exemple du livre est très significatif. Si tu rencontres une personne qui lit un livre que tu aimes, tu peux parler avec elle immédiatement. Si elle lit un livre que tu ne connais pas du tout, tu fais moins attention, mais si c'est un livre que tu connais bien, tu as tout de suite l'impression que vous êtes sur la même longueur d'onde.*

Paula. – *J'étudie l'architecture et je m'intéresse beaucoup à l'art. Il me semble que beaucoup de passions sont concentrées dans l'art moderne, et si tu as la chance de connaître quelqu'un qui a peint, tu réalises qu'un tableau parle beaucoup des émotions des gens de notre époque. Que penses-tu de l'art moderne?*

– Je crois que l'art est toujours la traduction d'une génération, des sentiments de cette génération envers ses contemporains. Il est évident qu'arrive un moment clé où il faut séparer ce qui est art et ce qui est mode. Il y a certes bien des manières de raconter une histoire et l'architecture en est l'une des plus incroyables, parce que la grande histoire de l'humanité est racontée par l'architecture. Il y a beaucoup de théories, il y a beaucoup de livres qui parlent des édifices dans lesquels se reflète toute la connaissance. Et cela depuis les pyramides, en passant par les cathédrales gothiques, que sais-je encore? où l'on voit clairement que l'on ne cherchait pas seulement à construire un bâtiment. On y trouve la vie de l'époque, l'histoire, les croyances et la façon de transmettre le savoir à la génération suivante. Il ne s'agit pas alors d'une mode mais du meilleur de nous-mêmes. Il y a dans l'art moderne des exagérations. Il n'a parfois pas grand-chose à voir avec l'art en tant que tel, qui est la capacité de toucher le cœur, pas celle de se regarder le nombril. L'art n'est rien d'autre que la transmission à la caravane de la vie de ce que nous avons connu pendant que nous vivions.

Juan. – *Au fond, l'art est un voyage.*

– Si je recours à la métaphore du voyage, je vois la vie comme une caravane qui ne sait pas d'où elle vient ni où elle va arriver. Tandis que nous voyageons, les enfants naissent dans la caravane et ils écoutent les histoires de la grand-mère qui a vu des choses ; plus tard la grand-mère meurt et les enfants deviennent des grands-parents, racontent leur période du voyage et meurent. L'histoire transmet de génération en génération, directement au cœur, l'expérience de cette génération ; et l'art, en général, est notre manière de transmettre – pour utiliser un terme de l'alchimie – la quintessence des choses, parce que je ne peux pas t'expliquer comment était le monde en 1998, quand nous, trois jeunes filles de Madrid, un journaliste d'*El País*, une poétesse, un autre grand poète, nous sommes rencontrés. Nous ne pouvons pas expliquer cela.

Cependant, nous avons la poésie pour le dire, nous avons la peinture, nous avons la sculpture, un édifice, auquel tu transmets ton émotion. Un jour, tes petits-enfants passeront devant et verront ce que tu as créé de l'intérieur comme architecte, et peut-être ne percevront-ils pas toute l'histoire, de même que nous ne pouvons pas savoir qui a cueilli ce raisin, mais ils éprouveront comme nous un grand plaisir. C'est cela la quintessence.

Juan. – *Dans le livre de mes conversations avec le philosophe Fernando Savater, celui-ci dit que nous construisons et que nous laissons ces traces, l'art, l'architecture, toutes ces choses, parce que nous savons que nous devons mourir et que c'est pour cette raison que les animaux, comme ils ne savent pas qu'ils doivent mourir, ne laissent pas de trace. Et de cette façon naît la culture.*

– Peut-être est-ce à cause de notre désir d'éternité que nous avons des enfants et que nous construisons des édifices, même si je crois que cela va bien au-delà, sinon les artistes n'auraient pas d'enfants, car dès l'instant où tu as des enfants, tu sais que tu laisses une trace très solide et tu n'as pas besoin de chercher à en créer d'autres. Il me semble que nous laissons tout cela pour partager, parce que nous aimons la vie ; pas parce que nous devons mourir, mais parce qu'il y a de l'amour en nous que nous voulons partager. Cet amour nous remplit et, dès l'instant où il nous remplit, la première chose qu'il nous inspire, c'est le besoin de le faire connaître.

Ana. – *Et aussi celui de raconter, parce que les écrivains ont cette fonction, celle de raconter la vie.*

– De la vivre. Tu la reçois, tu la transformes et tu la partages. Comme je l'ai dit dans *Le Pèlerin de Compostelle*, l'agapê est l'amour qui est au-delà de l'amour, et ça tu dois le partager.

Juan. – *Puisque tu en parles, comment fais-tu la distinction entre agapê et éros ? Dans* Le Pèlerin de Compostelle, *tu distingues trois sortes d'amour.*

– *Éros* est l'amour entre deux personnes, *philos* est l'amour de la connaissance et *agapê* est cet amour qui est au-dessus du fait que j'aime ou que je n'aime pas, l'amour dont Jésus parlait lorsqu'il disait : « Aimez vos ennemis. »

Nous parlons beaucoup de l'ennemi, de l'adversaire, et je disais à Juan que je pouvais aimer mes ennemis et les tuer symboliquement sans aucune pitié. C'est ma vérité personnelle, c'est ma manière de voir la vie ; je vois l'idée de l'antagonisme comme le centre de la création. La vie est une lutte, le combat, qui est très présent dans *Le Pèlerin*, n'est ni bon ni mauvais, c'est un combat, un affrontement d'énergies ; si je réalise un mouvement, j'affecte cinquante atomes ou molécules d'air, qui en affecteront d'autres et résonneront dans le coin le plus éloigné de l'univers. Tous les mouvements que je réalise, tout ce que je dis, tout ce que je pense est le produit d'un conflit entre un élément, et un autre élément. On trouve cela aux fondements de la création, dès lors que nous connaissons les références du *big-bang*, l'explosion au commencement du conflit.

Quand j'avais, je ne sais pas, peut-être dix-huit ans, j'ai lu un livre qui m'a beaucoup marqué : il s'appelle le *Mahabharata*, c'est un livre sacré, un classique, un peu comme le *Quichotte* pour vous. Il fait partie d'une épopée qui raconte l'histoire de l'Inde. Plus tard, on en a fait un film très ennuyeux.

Arrive un moment où une guerre civile va éclater parce que le roi a légué le royaume à son neveu au lieu de le laisser à son fils. Le fils a protesté et annoncé qu'il allait lutter. Le neveu a accepté : nous allons nous affronter. La guerre civile est inévitable. Le roi, qui est aveugle, est en haut de la montagne, au-dessus du champ de bataille où sont les deux armées, celle du fils et celle du neveu, et le combat va commencer, avec les étendards, les guerriers, les arcs, les flèches, etc. C'est alors que paraît Dieu, qui va contempler la bataille. Le général de l'une des armées prend son char, quitte ses hommes, se rend au centre du champ de bataille, tire son arc, ses flèches, se tourne vers Dieu et lui dit : « Quelle horreur ! Ce qui va se passer ici c'est une boucherie ; nous allons tuer, mourir, c'est une guerre civile et il y a autant de bonnes personnes dans un camp que dans l'autre. Mon maître se trouve d'un côté et ma mère de l'autre. Nous allons provoquer un carnage. Aussi ne vais-je pas lutter, je me sacrifie ici. » Et Dieu lui répond : « Mais que fais-tu ? Une bataille va commencer. Ce n'est pas le moment d'avoir des doutes. Si la vie t'a mené là, lutte, va d'abord te battre, ensuite nous discuterons de tout cela, mais en ce moment tu as devant toi une bataille. »

En réalité, Dieu lui dit : la bataille que tu as devant toi fait partie du mouvement du monde. Elle fait partie de ce conflit salutaire entre toutes les forces de l'univers.

Juan. – *C'est-à-dire que tu conçois le monde comme une bataille.*

– Si tu pousses les choses à l'extrême, tout est conflit, au sens non pas du mauvais combat, mais du bon combat, du mouvement. Le voyage s'achève, tu rentres chez toi et tu te demandes : et maintenant quoi ? Et le conflit naît mais c'est un conflit positif, parce qu'il te pousse à aller de l'avant.

Juan. – *Tu veux dire que tu ne peux pas ne pas choisir.*

– Tu peux choisir entre les deux voies classiques, la méditation ou le bon combat, mais tu dois choisir. Si tu es moine trappiste ou bouddhiste ou autre, tu t'enfermes dans un couvent et tu te consacres à la méditation, si, au contraire, tu es quelqu'un qui a besoin d'action, tu seras jésuite, c'est une spiritualité plus guerrière. Tu dois aussi choisir entre le yoga de l'action et le yoga de l'inaction. Tu ne peux pas t'arrêter, parce qu'il n'y a ni Mal ni Bien, comme l'a dit Dieu dans la situation que j'évoquais, il y a le mouvement. Et dans la mesure où il y a mouvement, très souvent nous voyons les choses du point de vue du Mal ou du Bien.

Juan. – *Parfois cependant il n'est pas facile de faire la distinction entre les forces du Bien et celles du Mal.*

– Lorsque tu combats, il est évident que tu perçois les forces négatives, appelons-les ainsi, et que tu luttes contre elles. Dans une scène de *La Rivière Piedra,* je décris un événement qui m'est arrivé. Je me trouvais à Olite avec une guide espagnole fantastique, de Saragosse ; je voulais entrer dans l'église. Je suis arrivé, la porte était ouverte, et un monsieur qui se trouvait près de la porte m'a dit : « Vous ne pouvez pas entrer. – Comment je ne peux pas entrer ? » lui ai-je rétorqué. « Non, il est midi et c'est fermé. » Je lui ai demandé pardon, je lui ai dit que je n'étais pas espagnol, que j'étais dans ce pays pour quelques jours et qu'il devait me laisser entrer cinq minutes. « Non, vous ne pouvez pas entrer parce qu'il est midi. On ouvre à trois heures. » Encore une fois, je l'ai presque supplié de me laisser entrer quelques minutes pour prier. « Non, non. – Comment, non ? ai-je répliqué. Je vais entrer et vous me surveillerez. » Il n'y avait aucune logique, il était là à ne rien faire, il serait là tout l'après-midi.

Cet homme était le symbole du moment où tu dois dire non à quelque chose qui s'oppose, à la loi, à l'autorité, à n'importe quoi. C'est le moment où apparaît la figure de l'adversaire et où, symboliquement, le guerrier ou le voyageur le tue ou bien est tué, car il aurait pu être beaucoup plus fort que moi et me tuer ; j'ai connu une humiliation épouvantable, mais j'aime le combat.

Juan. – *C'est quelque chose de semblable à ce que Jésus reprochait aux pharisiens quand ses disciples n'observaient pas le sabbat, parce que celui-ci a été créé pour l'homme et non l'homme pour le sabbat.*

– Exactement. Il y a deux énergies en jeu. Tu es implacable, tu ne mesures pas les conséquences, tu risques, ce saut dans l'abîme dont nous parlions, la confiance. Je n'offense pas ce monsieur, je ne l'empêche pas de s'en aller parce que pour lui c'est l'heure du déjeuner ou parce qu'il doit partir. Non, lui m'interdit d'entrer seulement parce qu'il croit que la loi lui en donne le droit. Je n'accepte pas cela. J'oublie la loi et je le tue symboliquement.

Juan. – *Cela ne te fait-il pas penser aussi à la scène de l'Évangile où Jésus désobéit à ses parents ?*

– Sans aucun doute, Jésus se confronte très souvent à Marie et à Joseph.

Juan. – *Ce qui choque de nombreux catholiques.*

– Et quand sa mère va le voir et demande qu'on le prévienne que sa mère est là, il répond : « Ma mère ? Qui est ma mère ? »

Paula. – *Avant je pensais moi aussi que cela avait un peu l'air d'un rejet de sa mère et de ses frères, mais je comprends maintenant que c'est plus une ouverture d'esprit qu'un rejet.*

Juan. – *Cela veut dire : je dois suivre une voie et tu ne peux pas m'en empêcher.*

Paula. – *Je crois que, avec le regard de notre époque, on peut peut-être penser que si je dis cela à ma mère cela ne lui plaira pas, mais si on l'entend comme ouverture d'esprit, elle ne peut pas le prendre mal.*

Juan. – *Si tu ne dis pas cela de peur que ta mère ne réagisse mal ou ne t'empêche de suivre ta voie, c'est vraiment un choix. C'est ce que dit Paulo ; là tu dois choisir, tu dois décider de suivre ta voie, bien que tu fasses souffrir ta mère. Cela ne veut pas dire que tu ne l'aimes pas, c'est un conflit entre l'amour que tu as pour elle, que tu ne refuses pas, et l'amour que tu te portes à toi-même, qui te permet de suivre ta voie. Dans ce conflit tu dois décider.*

– Ce conflit avec la famille est fondamental. Je parle beaucoup dans mes livres de mes conflits avec mes parents, qui ont été radicaux. Cependant, je dois les remercier parce qu'eux aussi m'ont affronté, ils m'ont éduqué, ils se sont opposés à moi et il en est sorti le bon combat.

Paula. – *Tu parles de vivre à chaque instant. Il y a une voie, mais ensuite il y a aussi beaucoup de choses à vivre. Il ne s'agit pas de dire : je vais par là et on verra bien ce qui se passe, parce que dans chaque situation tu dois décider si tu entres dans l'église ou si tu n'entres pas, ou bien crois-tu qu'il faille s'opposer à tout prix?*

– L'affrontement total, non, cela dure un jour et tu n'as plus d'énergie. C'est pourquoi, dans *La Cinquième Montagne*, l'équilibre se fait tout le temps entre la rigueur et la compassion, il y a des moments où tu dois dire non et d'autres où tu dois te laisser guider, et totalement, pour voir jusqu'où l'on te mène. Cela n'a rien à voir avec ton pouvoir de décision, ce n'est pas ne pas décider; je décide si je vais me laisser guider; ou je décide si je vais m'opposer, mais je décide, je ne reste pas au croisement.

Juan. – *Cela apparaît comme sacré dans toutes les religions.*

– Oui, et depuis Mercure, qui était le dieu des carrefours. Ici, au Brésil, si tu sors le vendredi soir, tu vois qu'on met encore de la nourriture aux croisements des rues, parce que c'est là, dans toutes les religions, que regardent les dieux.

Maria. – *L'autre jour, à la maison, nous parlions du cosmos et du chaos et nous étions d'accord pour dire que le second faisait partie du premier, ce qui était une façon de reconnaître que tout a un sens, même le chaos. Ici à Rio, où existe un contraste terrible entre les quartiers riches et les favelas, l'un et l'autre se côtoient sans cesse et parfois se confondent... Les carrefours dont tu parles et que regardent les dieux sont un symbole des moments critiques que nous vivons. Nous savons que, placés au carrefour, nous devons aller d'un côté ou de l'autre, mais nous sommes tentés de rester sans bouger, par peur de l'inconnu, mauvais ou bon. Et même si tu te décides enfin, quelle que soit ta décision, il y a toujours quelque chose qui te marque, comme si tu regrettais de ne pas avoir pris l'autre direction.*

– C'est ça le problème, Maria. Beaucoup de gens

me demandent : « Et si dans ta vie il t'était arrivé ceci ou cela... ? » Mon dictionnaire personnel ne contient pas le mot « si », le conditionnel. Il contient je ne sais combien de milliers de mots mais ce « si » ne s'y trouve pas ; il peut me détruire, parce que, au moment où j'ai choisi mon chemin ou pris une décision, je la suis, et elle peut se révéler bonne ou mauvaise, mais c'est une décision. Mais si je pense : « Ah, si j'avais fait ça... ! », alors je gâche tout.

Maria. – *À mon avis, si nous pouvons décider du chemin à suivre, nous ne savons jamais s'il est bon ou mauvais. Alors, peut-être que le doute aussi est une bonne chose. Au moment critique, tu ne sais pas s'il est bon ou mauvais.*

– Pardon, Maria, mais là tu parles de la confiance, le doute n'a rien à voir avec la confiance. Le doute est le moment de la décision, mais tu as confiance, comprends-tu ? Tu auras des doutes toute ta vie. J'en ai toujours eu et ils sont de plus en plus grands, mais ils ne m'empêchent pas de prendre une décision. Le doute n'est pas de savoir si je me trompe ou si je ne me trompe pas. Tu décides et ensuite tu peux réfléchir. Ce que j'ai constaté au long de ma vie, c'est que la possibilité de corriger existe toujours, il y a toujours une seconde opportunité.

Mauro. – *Grâce à Dieu cette possibilité de rectifier existe toujours.*

– Grâce à Dieu !

Maria. – *Ce dont nous parlons, est-ce du moment qui suit la décision que tu as prise, grâce à laquelle tu as eu des doutes, ou de celui qui précède le changement, quand la vie reprend ? Ce sont des doutes, des crises, des chemins qui se croisent. C'est peut-être l'impossibilité de poursuivre ce que tu as entrepris qui te pousse à chercher ou à voyager ou à provoquer un conflit qui te permet de trouver un chemin. Donc cette crise a été bonne.*

– Les crises sont toujours bonnes parce que ce sont les moments où tu dois prendre une décision.

Paula. – *J'ai une amie italienne qui va venir à Rio, elle était avec moi en Angleterre, et elle m'a dit : « J'ai toujours été très obsédée par la perfection, même si je ne le savais pas. Souvent je trompais les gens et j'arrivais à ce qu'ils me voient parfaite. Paula, me disait-elle, je suis de formation classique, je suis romaine, et tu sais ce que signifie le mot perfection, n'est-ce pas ? » Je lui ai répondu que non. « Être parfaite, m'a-t-elle expliqué, cela signifie être complète, et on ne serait pas complet sans la part mauvaise, mais il faut trouver un équilibre. C'est cela être parfaite. » Cela te libère énormément, cela te permet d'accepter ton humanité, de voir que tu es ton chaos et ton cosmos.*

– Même Jésus se fâche quand quelqu'un lui dit : « Tu es bon. » « Seul Dieu est bon », dit Jésus-Christ.

Mauro. – *Les Chinois voient dans le mot crise une opportunité.*

Paula. – *Mon petit ami, avant que je ne vienne à Rio, à l'aéroport, m'a dit justement cette phrase. Il n'a pas employé le mot crise mais problème : « Paula, les Chinois voient dans le mot problème une opportunité. »*

Mauro. – *Paulo a parlé du pèlerinage, du chemin, comme d'une quête pour trouver sa propre identité. La question est : S'agit-il d'une tâche qui s'achève à un certain moment ou est-elle permanente ? Est-ce un événement ou un processus ?*

– Bonne question, Mauro.

Mauro. – *Parce que derrière cette question se justifie ou non le sens du pèlerinage.*

– Sans aucun doute. J'ai toujours tenté de trouver une réponse à la fameuse question : qui suis-je ? et je n'essaie plus. Ce n'est plus une question, c'est une réponse : je suis. Et dès l'instant où je suis, je dois être. Alors, je ne peux pas répondre, je dois être intégralement. Dieu a fait la même réponse à Moïse quand il lui a demandé : « Qui es-tu ? – Je suis celui que je suis », lui a-t-il répondu. Je crois que nous sommes, et rien de plus, et voilà. À partir de ce moment commence le pèlerinage. Avant j'avais des buts, je crois qu'il est toujours très important d'en avoir, d'avoir une idée, d'organiser un peu sa vie, mais en comprenant que le chemin est la grande jouissance.

Mauro. – *C'est-à-dire que la finalité est le processus. La grande frustration de beaucoup de gens, c'est que, ou dans le pèlerinage ou dans toute autre forme de quête intérieure ou extérieure, ils ne trouvent pas la fin, parce qu'ils ne comprennent pas le véritable sens du commencement. Il ne faut surtout pas oublier qu'ici, par exemple, nous sommes tous à la recherche de quelque chose, chacun à notre manière, pour des motifs particuliers. Je crois que nous tous ici nous comprenons le sens de ce processus, mais si tu mets avec nous quelqu'un qui ne comprend pas le sens du processus, même s'il est émerveillé par les opinions qu'il entend, il en retirera une grande confusion.*

– En effet. Il y a un poème de Cavafy, un grand poète grec, qui s'appelle « Ithaque », du nom de la cité que doit regagner Ulysse après la guerre. Le poème – qui est magnifique – commence ainsi : « Quand tu partiras pour Ithaque, souhaite que la route soit très longue... » Et à la fin il dit : « Même si, à ton retour, elle te paraît pauvre, Ithaque ne t'a pas trompé, parce qu'elle t'a donné le voyage et c'est cela qu'Ithaque veut dire. » Je crois qu'il a tout à fait raison.

Quand j'ai vu pour la première fois la cathédrale de Saint-Jacques, j'ai eu un choc. Je me suis dit : « Voilà l'endroit qu'au début de mon pèlerinage je désirais si ardemment atteindre, mais maintenant c'est fini, je dois prendre une décision. » Jusque-là je voyais très clairement que je devais faire le pèlerinage et, quand je suis arrivé, j'ai pensé : « Et maintenant qu'est-ce que je fais ? Qu'est-ce que je fais de la cathédrale ? Qu'est-ce que je fais de tout cela ? » Donc le sens du voyage est celui des vers de Machado, le poète espagnol : « Voyageur, il n'y a pas de chemin, le chemin se fait en marchant. »

Mauro. – *Je me souviens qu'aux funérailles de Jacqueline Kennedy, son compagnon des dernières années, dont on attendait qu'il fît un discours dans un moment aussi solennel, s'est contenté de lire simplement le poème « Ithaque », qu'a cité Paulo.*

– Pas possible ! Je ne le savais pas.

Mauro. – *On parlait tout à l'heure du carrefour, du oui et du non, d'avancer ou reculer, j'ai pris quelques notes et peut-être que le sentiment le plus dangereux du chemin est le « peut-être », qui admet une réflexion au carrefour. C'est un mot qui paralyse, qui interrompt le chemin et qui contient une réflexion dans le sens de l'avancée ou du recul, deux formes d'action. Tu as dit, Paulo, que cela n'avait rien à voir avec le doute, mais il y a beaucoup de gens qui croient que le « peut-être » est une forme d'action. Lorsque tu établis une distinction entre doute et confiance, ce doute est salutaire, le « peut-être » n'est pas salutaire, c'est lui qui anéantit l'action.*

Ana. – *Le pire drame de l'être humain est d'avoir à choisir, car la vérité c'est que l'on aimerait vivre tout à la fois. Mais on doit choisir.*

– Mais c'est un piège, parce que la vérité c'est que lorsque tu choisis, tu vis tout à la fois, absolument tout. Au moment où tu exerces ton pouvoir de décision, tous les chemins sont concentrés dans le chemin que tu vas prendre.

Ana. – *Pourtant quand tu vas d'un côté, ne renonces-tu pas à vivre ce qui pourrait arriver de l'autre ?*

– Non. Ce n'est pas une métaphore, c'est une réalité. Nous parlions de l'Aleph, tous les chemins sont le même chemin, mais tu dois choisir et tu vivras sur le chemin tous les chemins que tu n'as pas choisis. C'est une métaphore, parce que tu ne dois renoncer à rien. Le chemin que tu as choisi contient tous les chemins.

Pour revenir à Jésus, il disait : « La maison de mon père contient de nombreuses demeures. » Tous les chemins mènent au même Dieu. Dans un registre très personnel, nous avons notre chemin, c'est notre choix, mais il peut y en avoir cent ou deux cents. Les anciens disaient : « Il y a huit ou neuf manières de mourir. » Si tu choisis ton chemin, c'est ton histoire personnelle, c'est ton destin, ta légende. Ce que tu ne dois pas faire, c'est vivre le chemin de ton père, ou celui de ton mari, parce qu'ils ne sont pas ton chemin et tu arriveras à la fin de ta vie sans avoir connu le tien. Les autres ne le contiennent pas, mais il contient tous les autres.

Et maintenant allons manger et boire un verre, et nous poursuivrons…

(Paulo Coelho était agréablement impressionné par cette conversation avec les trois étudiantes espagnoles. Il a proposé de l'interrompre pour prendre quelques tapas de jambon et de fromage et un magnifique vin italien qu'on lui avait offert.)

Ana. – *Je voudrais te demander si cela ne te fait pas peur d'avoir livré à Juan toutes ces histoires intimes, parce que tu vas rester nu.*

– Non, je n'ai pas peur de rester nu, au contraire. Je crois que c'est une obligation de l'écrivain ; il est très facile de se dissimuler derrière un livre et de créer une image avec laquelle tu dois vivre ensuite et qui te poursuit. J'ai vécu cela dans la musique : on nous avait imposé un rôle, je l'ai tenu mais, deux ou trois ans plus tard, est survenue une tragédie. Je me suis alors promis que je ne serais jamais un personnage. J'en suis un, mais je veux être vrai, pas le personnage que l'on me construit.

Ana. – *Cela risque d'être un choc pour beaucoup de tes lecteurs.*

– Je l'espère sincèrement. Jésus le disait très bien : « Connaître la vérité vous rendra libres. » La vérité est notre seule manière d'être libres. Cela me donne la capacité de continuer à écrire. Ce que je fais en racontant toute ma vie, sans rien cacher – à tel point que j'espère, après ce livre, ne pas avoir à en reparler pendant vingt ans –, n'est peut-être pas politiquement correct en ce moment mais, à long terme, on me respectera, je me sentirai plus libre, mes lecteurs comprendront que c'est ma vérité et m'accepteront comme je suis, même si je suis toujours dans un processus et en mouvement.

Paula. – *Que cherches-tu quand tu écris ?*

– Moi-même. À chaque moment de ma vie, j'ai changé intérieurement et je ne me comprends pas encore totalement. J'écris aussi pour savoir qui je suis au moment précis où j'écris.

Après je change et je dois écrire un autre livre, ainsi je peux partager mes nombreux changements, mes nombreuses facettes, mes nombreuses nuances. Dans la mesure où je suis honnête et sincère – ce qui n'est pas facile, c'est un exercice de discipline aussi –, j'ai une identité dans mes livres, et si j'ai cette identité dans mes livres, je pourrai certainement transmettre au-delà des mots l'énergie de cette identité.

La seule manière d'expliquer mon succès mondial, c'est peut-être que je transmets quelque chose qui dépasse les mots mêmes de mes livres. Mais il m'est difficile d'expliquer cela.

Mauro. – *À propos de personnage, Gary Cooper, pressenti pour un film à Hollywood, demanda au réa-*

lisateur, John Ford, lorsque celui-ci lui remit le scénario: «Quel est le nouveau nom que le personnage Gary Cooper va jouer au cinéma?», parce qu'il ne jouait qu'un seul rôle, celui de Gary Cooper. John Ford lui répondit qu'il n'avait pas à s'inquiéter, qu'il allait tourner dans un film dans lequel il ne jouerait pas le rôle de Gary Cooper. Il le réalisa en Irlande. Il s'intitule Après la tempête, *avec Maureen O'Hara. C'est l'histoire d'une tradition, qui se passait dans une petite ville, une histoire d'amour entre John Ford et son origine irlandaise. Ce fut le seul film dans lequel Gary Cooper ne fut pas Gary Cooper, et il gagna un Oscar.*

– Si nous avons terminé, je vais maintenant interviewer Juan Arias, parce que je suis très curieux d'approfondir certaines choses qu'il a écrites sur le pape Wojtyla et sur le Vatican.

Mes conversations seul à seul avec Coelho se sont poursuivies au cours des jours suivants, mais j'ai voulu que le livre se termine par cette rencontre-conversation avec ces lectrices inattendues, porte-parole des nombreux jeunes gens qui, dans le monde entier, s'intéressent aux livres de l'écrivain brésilien et les transforment fréquemment – comme il arrivait autrefois aux livres de Castaneda – en matière de réflexion dans la quête de leur destin personnel.

Table

La conversation à Copacabana 9
Qui est Paulo Coelho ? 17

1 – Les signes 21
2 – Asile d'aliénés, prison et torture 45
3 – La vie privée 67
4 – Politique et éthique 79
5 – Le féminin 95
6 – La magie 113
7 – Les drogues 133
8 – La conversion 143
9 – L'écrivain 153
10 – Lcs lecteurs 177
11 – Paula, Ana et Maria 191

Composition réalisée par INTERLIGNE

Imprimé en France sur Presse Offset par

BRODARD & TAUPIN

GROUPE CPI

La Flèche (Sarthe).
N° d'imprimeur : 7486 – Dépôt légal Édit. 11995-05/2001
LIBRAIRIE GÉNÉRALE FRANÇAISE - 43, quai de Grenelle - 75015 Paris.

ISBN : 2 - 253 - 15092 - 4 31/5092/7